義妹生活
another days

三河ごーすと

MF文庫J

Contents

Days with my Step Sister another days

まえがき

「何をやっていても、どこまで行っても、自分は根本的に小説家なのだ」

奇しくもTVアニメ化をしたことでそれを強く実感することとなりました。

私はこれまでに小説だけでなく漫画原作やゲームシナリオの仕事もしてきたので、文章以外の媒体の物語にもある程度対応できる器用なタイプの人間だと思っていました。逆に、色々なことに手を出しているがゆえに文章の専門家としての自信はあまりなくて、小説家として中途半端な存在なのではないかというコンプレックスもありました。

しかしどうやらそれは勘違いだったようです。TVアニメ『義妹生活』の仕上がりを目にしたことで、奇しくも私はそれを実感したのです。

作品の根幹を維持したまま映像作品としての「1つの解」を示されたことで、私自身が文章という表現方法で意識していた部分が浮かび上がり、どれだけ自由に翻案しようとも揺らがない作品の軸は何なのか、私はどう魂を込めていたのか、小説家としての私とはどんな存在なのかという問いと向き合う機会を得られました。

SNS（X）で長文の感想を投下したときも、正直ウケるとは思っていませんでした。時短を良しとする時代に誰が読むんだこんなものと思いながらも、映像への愛があふれるままに書きなぐった文章が、たとえ少人数でもいいから届いてほしい、せめて作品に真摯に向き合ってくれる人には映像に込められてる妙技に気づいてほしい、その一心でした。

そうしたら驚いたことに大盛況。読者の方のみならずアニメから入ってきた初見の方も前向きに捉えてくれて、応援の声や長文感想自体を楽しんでくれている声が聞こえてきて、ポストの閲覧数もとんでもない数字に膨れ上がっていきました。

ところで、長文とはいえ「書くべきこと」がハッキリしている時点で私にとっては1万字前後の文章を書くことなんてまったく苦にならないんですね。でもどうやら一般的には違うらしい。長文感想に対してのファンの声を見て初めて気づきました。心の底から書くべきだと感じたときに文章を出力せずにいられないし、簡単にそれができてしまう。それは私が根本的に小説家だからこそなのでしょう。

そんな私のＴＶアニメ『義妹生活』への自己満足な愛の言葉は、こうして書籍化していただける機会に恵まれました。ならばそこにアニメ制作陣が密か(ひそか)に特別な愛情を注いでくれた読売栞(よみうりしおり)の、本編で語るつもりのなかった物語と併せて恋文(ラブレター)とするのが根本的に小説家である私として美しい在り方。そう思って、この一冊にまとめました。

悠太(ゆうた)と沙季(さき)の人生ではない、けれど同じ世界のどこかにいる作者や読売栞の人生の一篇(アナザーデイズ)をお楽しみください。

アニメ 義妹生活
第1話によせて
（三河ごーすと感想）

まず、原作（小説版）を知らずにアニメを観た人は、「あれ？　思ってたのと違う」と思われたのではないでしょうか。義妹と生活するということで、ドタバタしたラブコメのようなものを想像されていた方が多いのではないかと思います。

ですがこの作品はいわゆるラブコメではありません。キャラクターの配置や基礎設定など、要素を箇条書きにしてしまえば平均的なラブコメなのですが、べつにラブを見せたいわけでも、コメを見せたいわけでもなくて、ただそこにある彼らの生活を浮かび上がらせていくことを目指した作品です。とはいえ三次元（現実）に寄せすぎて二次元の魅力が損なわれるのも望んでおらず、二次元の魅力が損なわれないギリギリまで三次元（現実）的な表現を模索した作品となっています。類似ジャンルは「ヒューマンドラマ」等になるかもしれませんが、それよりは恋愛感情にフォーカスしているので、ピッタリなジャンル表現が既存のものに見当たらず、私と担当編集者の間で、「恋愛生活小説」と銘打って連載していくことを決めました。

「架空の人物による私小説」「実在人物の日記のように感じる読書体験」といったこと、それ自体が『義妹生活』の特異性であり、価値です。物語の展開だけを箇条書きにした文章を読んだ人は、何故この作品を支持している読者が多いのか、理解できないかもしれません。それは、箇条書きで表せるような物語展開ではなく、細かい生活の所作、細部の表現や読書体験をまるごと含めた読み心地に魅力のコアを置いているからなのです。

……と、ここまで原作の意図を書いてきましたが、そう、この文章はアニメの解説と感想です。

なに関係ないことべらべら喋(しゃべ)ってるんだと怒られるかもしれませんが、アニメの解説をする上でも必要なことだったのです。ご容赦ください。

さて、そんな意図で書いてきた原作ですので、映像作品にするのはめちゃくちゃ難しいだろうなと思っていました。実際、義妹生活ラジオ（第３回）にて、上野(うえの)監督も「難しいと感じていた」と仰(おつしや)っていて、「ですよね！　ごめんなさい！」と50％くらい申し訳ない気持ちになりました。ですが残りの50％で、「これを難しいと感じてくれる人に監督をしていただけて本当によかった」とも思いました。難しさを感じるということは、私が『義妹生活』で大切にしていることを完璧に読み取ってくださった証拠でもあるわけです。物語で起こる出来事を箇条書きにしてしまえば、何のことはないただのラブコメですから、そう割り切って、「あんまり面白くないラブコメ」と処理して作ってしまうことも可能なわけです。でも、そうはせず、魅力のコアを掬(すく)い取(と)った上で正面から難しさと向き合っていただけた。本当にありがたいことだと思っています。

次に細かい部分を解説していきます。

・悠太と沙季のキャラクター性、出会いについて

観ていただいた方はすでに感じていると思いますが、この二人、「すんっっっっごい、理屈っぽくて、めんどくさい奴ら」です。人間関係においては特にそう。二人とも両親の関係の破綻を間近で目撃、経験しています。片方が相手を思いやってしたことを、もう片方が悪意として捉えているとか、察せるはずのない本音を察せられない相手のことを責める姿とか、そういった「対立し、すれ違う二人の人間の間」に中立の立場で立つことが多かった二人は人間関係のままならなさを肌身で実感しています。相手に一方的な期待をかけ、勝手に傷つき、罵声を浴びせる……そういった人間の、人間関係における「偏り」に「醜さ」を感じているのが悠太と沙季という人間なのです。

二人のことを記号的なキャラクター属性にあてはめたら「クール」と表現できるかもしれませんが、実は「クール」と表現してしまうと、二人への解釈はすこしズレてしまいます。

彼らは基本的に低体温的で、あまり声を荒らげたりしません。ですが、感情の起伏自体が乏しいわけではないし、マイペースで気遣いができないというわけでもない。そのため、初対面の人間に対して友好的な態度を試みますし、それは出会いの場面で交わされた二人の会話にも表れています。ユーモアに熱がない、ということを同種の人間である沙季には看破されてしまいましたが、基本的にはこの適度な距離感の、踏み込みすぎず、拒絶もしすぎず、おちゃらけすぎず、お堅すぎずのコミュニケーションで悠太は溶け込むように社

綾瀬沙季

浅村悠太

会の中で生きてきました。これは、他人に期待しないがゆえの、敵を作りにくいコミュニケーションです。逆に沙季の方は他人に期待しない感性こそ同じものの、人間関係の機微を求める相手を最初から拒絶し孤立を選ぶタイプのコミュニケーションをしてきました。ですが、そのコミュニケーションは、彼女一人の問題で完結する場合にのみやります。彼女は自分は一人でいい、他のすべての人間に嫌われてもいいと割り切る感性を持つ一方で、母親である亜季子を誰よりも大事にしていて、亜季子の損になることをしたくないと考えています。そのため、亜季子が愛すると決めた男性である太一や、これから家族になる悠太に対しては自分もなるべく友好的に振る舞おうとしてきます。最初の顔合わせから学校では見せないような笑顔をあえて作っているのもそのためです。高校卒業までの残り2年弱、表面的には友好的に繕うことで亜季子の居場所が確保されたら、その後、自分はそっと距離を置いて一人暮らしをすることで穏便に離れよう、とぼんやり考えています。……男家族に期待したくない、だけど相手を拒絶して傷つけたいわけでもない、そういった白とも黒とも言えないような微妙な感情を持ちながら家族になったわけです。

二人きりになったとき、沙季がクールな一面をあえて悠太にだけ見せてきたのは、自分と似たものを感じたから――同じスタンスでこれからの家族生活を送れる可能性を感じて、ひとつの賭けとして、すこしだけ自分の「裏」を見せ、そして悠太が予想通りの人物だったので「契約」に至りました。

義妹・綾瀬沙季との出会い　『義妹生活』P23挿絵

・アニメオリジナル要素について

原作小説を読んでいる人は気づいていると思いますが、このアニメ、実はアニメオリジナルの描写がかなり多く、セリフやシーンの省略（カット）も非常に多いです。引っ越してきた沙季が壁に貼られたシールを発見し、指でなぞったり。帰宅した悠太が、明かりのついているリビングを見て、何かを思ったり。カップ味噌汁の存在を強調し、過去の食事風景をフラッシュバックしたり。これらはすべてアニメオリジナルです。が、一方で、原作小説で記述されていなかっただけで、この二人の物語においては確かに存在したであろうシーンだと私は感じています。悠太と沙季がもしも実在したと仮定した場合に、原作小説よりも忠実に原作（二人の生活）を再現してくれた——小説を書くときに私が書き忘れてしまったことを、上野監督やスタッフの皆さんがきちんと見落とさずに拾ってくれた——そんな印象を持っています。

・作画、演出、美術、編集について

私はもともと実写映画はよく観るのですが、大人になってからＴＶアニメを観る機会がかなり減っていて、実はアニメに詳しくありません。なのでアニメ特有の表現について多くを語れるだけの教養は持ち合わせていませんが、素人なりに思ったことをお話しすると、『義妹生活』の作品テーマをアニメーションで実現する上で取り得るありとあらゆる技法が駆使されているように思えてなりませんでした。

そこに生きていれば存在するであろう音、息遣い、人間らしい日常の動き（日常芝居、と呼ぶのでしょうか）、声優さんたちによる自然な演技、すべてが画面の中で自然と混ざり合っていました。これって、違和感がないのでスッと自然に流してしまいそうになるんですが、実は違和感がないこと自体、もの凄く難しいことなんじゃないかと思っています。悠太と太一の「再婚することにしたんだ」の会話のシーン（インスタントな朝食を作っているシーン）、ドリンクバーのシーン等、視聴者の方にもそういった細部の動きに注目してもらいたいなと思いました。

又、山手線をはじめ、確かな実在感で描かれる渋谷の街。背景（美術）もどれも素晴らしくて、美しくて。人物の実在感を目指している以上、悠太や沙季が生きている世界そのものの実在感も高く在ることが求められる中で、ハードルを軽々と飛び越えていきました。

ただ、ここで思うのは、こういったひとつひとつの「点」が魅力的なのは言うまでもありませんが、でもそれは一番大事なことではないのではないか、ということです。

作画や美術や音楽といった、一部分を切り取って美しいものというのも確かに素敵ですし、素晴らしいものではあると思うのですが……何よりも、すべての要素が合わさって、調和が取れて、時間の流れも含めて「ひとつの作品」として完成されていることにこそ注目してほしい――「点」ではなく「線」あるいは「面」で観てほしい作品だなと、強く感じました。

原作小説の時点で、キャラクターの印象的なセリフ、可愛いしぐさや表情、主人公のカッコいいセリフ、わかりやすい見せ場、といった「点」を重視しない作品でした。地味ではあるけれど細部にこだわるように小さな「点」を重ねていって、「線」あるいは「面」として作品全体をふんわり眺めると心地好くて好きになれる——そういった作品を目指してきました。そして実際に、その感性に共感してくれる大勢の読者さんに好きになってもらえて、応援してもらえました。

ＴＶアニメ『義妹生活』も、同じような性質を持っている作品だと思います。じっくりと世界に浸って、ゆっくりと彼らを見守って、細かいところに愛情を感じる……そういった体験を求めている人に一人でも多く届けばいいな、と。

アニメ 義妹生活
第2話によせて
（三河ごーすと感想）

2話をすでに観ていただいた方の中には、もしかしたら「不親切な内容だな」と感じられた方もいらっしゃるのではないでしょうか。ネガティブに捉えなかったとしても、「いったい何が起きているんだ!?」と理解が難しく戸惑われたのではと思います。

何故そのようになっているのか。それを理解するには、まずは原作の意図を知ってもらえるとわかりやすいと思います。


1話の長文解説でも書いた通り、『義妹生活』は義理の妹と生活することになるというラブコメの鉄板構造を極限まで現実的に、緻密に、実在するかのように描いていくことそのものに魅力のコアを置いています。

そして、その実在感のある表現を模索していく過程で、ひとつ、ラブコメでは重視することをあえてやらずにいます。それは「ヒロインの感情をハッキリさせること」です。私も、ラブコメを書く際は、このシーンでは照れている、怒っている、悲しんでいる、ということをハッキリと読者が認識できるように書くことが多いです。多少感情がわかりにくい描写をするときも、なるべく早くその感情や行動の理由が明かされるように構成します。しかし『義妹生活』ではあえて沙季が何を考えているのか最後までハッキリとはわからないように書いています。何故、そうしているのか？　それは『義妹生活』が架空の人物の私小説であり、実在感を大事にしていることに起因しています。

小説版の方は基本的に浅村悠太の一人称視点で進むのですが、ただテクニックとして一人称を採用したのではなく、「浅村悠太という人物が実在していた場合、どういう思考の流れが、どういう描写が、最もリアルたり得るか」を徹底的に突き詰めた結果に一人称を選びました。たとえ一人称でも、他の人物の感情が読者に明快に伝わるように書くことは可能です。実際、他の作品ではそういう書き方をしていることもあります。ですが、『義妹生活』においてはそういうわけにいきませんでした。「自分の視点からでは、相手が本当に考えていることなんてわからない」ということ自体が、『義妹生活』で描くべき命題のひとつであり、それゆえに悠太の目から（そして、読者の目からも）沙季が何を考えているのかわからないように書く必要があったのです。

　もちろん、それだけでは一冊の小説になりませんから、１巻の最後で答え合わせのパートを用意しています。悠太は知らない沙季の本音を、読者にだけサービスで見せるような形です。何故、沙季はあのときあんなことを言ったのか、何故、沙季はあんなことをしたのか……悠太の視点からは不明だったことが、あるギミックを通して語られます。一種のミステリーの答え合わせのように。この人間関係における謎やひとつの事象を異なる人間から見たら別の解釈になるといった、現実世界ではごくあたりまえのことを、とにかく緻密に積み上げていくことが原作小説の肝で、アニメにおいても、その体験・感覚をまるごと映像作品に変換していただいたと感じています。

　さて、その上でアニメ２話の表現について。要素ごとに解説・感想を述べていきます。

・冒頭、目覚めのシーン～悠太（ゆうた）と沙季（さき）の様子

セリフもなく、非常にさりげない描き方ではあるのですが、ここではいくつかの情報が提示されています。

「悠太は目覚まし通りに起きている（ずぼらではなく、規則正しい生活をしている方である）」

「その上で、彼が目覚めたときにはすでに沙季は起きていて、活動している気配がある」

「悠太は身支度を整えてから（油断した姿ではない状態で）沙季の前に出ている。沙季も、寝起きの状態という最も無防備な姿を見せていない」

といった情報です。

これによって、二人がまだお互いにプライベートを見せる相手とは思っておらず、「ただ同じ家で暮らしているだけの他人」として線引きしていることがわかります。

・学校でのシーン

悠太は渡り廊下から沙季を見下ろしたり、球技大会に向けた体育の時間中に沙季を気にかけたりしていますが……丸（まる）に言われるまで彼女の評判を知らなかったことが同時に明かされます。でも、沙季は突然出現したわけじゃないし、悪い評判はずっとあったわけですが、何故（なぜ）、彼は沙季について何も知らなかったのでしょうか。

答えは、他人に（特に女子生徒に）関心を持っていなかったからです。丸以外にこれといった友達もおらず、作る気もなく、さりとて孤高でいるつもりもなく。話しかけられれば表面上は普通に接するのですが、名前を覚えている相手も少ないです。奈良坂真綾のことだけは、あまりにも目立つ有名人なので存在は認知していますが、それ以外の生徒についてはほぼ認知していません。ゆえに綾瀬沙季という生徒についても、これまでも近い距離にいたものの特に認知しておらず、同居生活を始めてお互いのことを知ったがゆえに突然視界に入るようになったわけですね。

・高額バイトと武装モードの話

沙季は母・亜季子を罵る実父の言葉に強い反発を覚えています。食卓のシーンで、亜季子の学歴についてとやかく言う声があることに「ナンセンスだ」と言った悠太に対して、前のめり気味に「だよね」と同意を示したところに彼女の本心が表れています。尚、ここで沙季は「女性が向けられがちな偏見」をいくつか列挙し、悠太が共感を示していますが、アニメになるにあたって原作から微妙にカットしている会話があります。カットの理由は、尺の都合と、沙季の本心の一端を悠太に開示することに焦点を当てるためです。原作ではこの後に悠太が「男性が向けられがちな偏見」について話し、沙季がそれに共感を示しており、このあたりの価値観のすり合わせが、沙季と悠太が互いを信用し始めるきっかけになっているのです。

ところで2話をすでに視聴している方は、綾瀬沙季という人物の「危うさ」にうすうす勘づいているのではないでしょうか。彼女は賢く、美しく、気高く、それでいてフラットで偏らず……といった姿を理想としており、その理想を体現するために全力を尽くしています。しかし理想とは完全なものであって、人間は不完全な存在でありますから、理想を維持するのは非常に困難です。不可能と言っても過言ではありません。一時的に理想を体現することはできるかもしれませんが……その状態を続けようとすれば、必ずどこかに歪みが生じます。というか、すでにコミュニケーションの一部に歪みが生じています。会話において普通であれば相手から「A」と投げかけられた言葉に対して、「B」と即答で返せば良いところを、『「B」と「C」と「D」と「E」を考慮し、天秤にかけた上で最も公正でより良いであろう回答として「B」を選択する』と遠回りな思考を経て「B」と答える。確かにそれはフラットだし、正しいけれど、脳の処理としてはかなり負担が大きく無駄が多い。賢いようでいて全然賢くないという矛盾を孕んでいます。

又、「サクッと稼げる高額バイト」のようなものに興味を示してしまうのも、彼女の性質のエラー部分。そういうことに手を出すのは短絡的だと言われがちな行為ですが、しかし、彼女の場合、思考に思考を重ねて、自らの理想を体現するための現実的かつ効率的な手段を模索していく過程で流れ着いたのが「サクッと稼げる高額バイト」の必要性でした。噂されるような人間ではないはずなのに、正しいと感じる道を選んでいくことで結果的に噂されるような行為に近づきつつある……というのは皮肉なものです。

・味噌汁を作ってほしい話

「毎日味噌汁を作って」は昔からある鉄板のプロポーズの言葉ですが、これは手作りの味噌汁がいわゆる家庭の象徴、手料理の象徴のようなものだから鉄板になったわけです（たぶん）。悠太は家庭が冷めた状態になってからほとんど手作りの味噌汁を飲ませてもらったことがなく、そのために味もそうですが、何か愛情というか温かさのようなものを無意識に感じ取り、欠落の埋まる感覚に癒やされたのではないかと思います。ちなみに、実母と食卓で向き合いインスタント味噌汁を飲む過去のフラッシュバックはアニメオリジナルの演出であり、原作小説ではそこまで書いていません。ただ悠太のかつての家庭環境やどんな欠落があるのか等、パーソナルの深い部分については上野監督とすり合わせを行なっているため、このアニオリもまた「原作にはないけれど原作通り」の演出となっています。

ここで二人が交わした「取引」は、べつに家族だったら「取引」でもなんでもなく、無償で与え合う程度のことに思えるでしょう。しかし二人はそういうわけにはいかないのです。

悠太も沙季も「無償の愛」というものを知りません。もしかしたら昔は知っていたのかもしれませんが、忘れています。自分が何かを与えなければ何かを得られるわけがないと、心の深い部分で思っているので、「味噌汁を作る」や「高額バイトの情報を集める」といった些細なことでさえも交換条件付きでなければしっくりこないのです。

目玉焼きの調味料についてすりあわせ　『義妹生活』P115挿絵

『義妹生活』が、「互いに歪みや欠落を抱えながらも交換条件を示しながら助け合うことで癒やし合う二人の物語」なのだと、ここでハッキリ提示されたと言ってもいいのかなと思います。

・沙季が車に轢かれそうになるシーンからの一連のシーン

ここはアニメ化するに際して原作小説から大幅に圧縮されています。何故、沙季がブレーキを踏まない車の存在に気づかなかったのか、そのあと悠太との間でどんな会話を交わしたのか、どういう思考で傘を渡し、なぜ雨に濡れて帰ったのか。何もかもがわからないように描かれています。これについてあまり深く話してしまうと3話のネタバレになってしまうので控えておこうと思いますが、ちゃんと理由があります。視聴者の皆さんがその表現を的確と感じるかどうかは自由なので、感想は委ねますが、意図は、明確に存在します。いたずらにこういう構造になっているわけではありません。

ネタバレにならないギリギリの言い方をすると、先に述べた「沙季の歪み」や「悠太の欠落」がちょっとずつ影響して、必然的にそういったイベントが起こってしまっている……というところです。

さて、ここまでいろいろ書いてきましたが、そろそろまとめます。

視聴者の皆様にとっては、1話と2話は悠太や沙季のチグハグな部分やバラバラのピースを断片的に見ているような感覚が強かったのではないでしょうか？　これは、人間関係を深めていく過程では必ずあることだと個人的には思っています。「この人は、こういう人だろう」と第一印象（ある種の偏見）で判断する→付き合いを続けていくうちに、印象とは異なる言動が見え隠れする→その人の見えていなかった本質がだんだんと見えてきて、その人に対する理解が深まっていく。——と、そのような流れを経ていくものです。この、パズルのように人物をだんだんと理解していくことそのものに興味深さや面白さを感じてもらえるとより一層『義妹生活』が楽しくなるのではないでしょうか。

アニメ 義妹生活
第3話によせて
（三河ごーすと感想）

3話の見どころはなんと言っても「日記パート」の初登場。こちら原作小説を読んでいた方は「おおー！　こうやって表現したかー！」と感動したのではないでしょうか。

この日記パートというのは原作小説1巻の最後に挿入されている文章です。悠太の視点で沙季がどんな人物なのかをちょっとずつすり合わせながら知っていき、そして最後にあのとき何を考えていたのか、沙季はどんな人間なのかが垣間見える、答え合わせのようなパートとなっています。もちろん日記単体で答え合わせがされるわけじゃなくて（日記に頭の中のすべてが書かれるわけではないので）、それまでの細かい言葉や行動をすべて合わせて自分で考えなければ本当の「綾瀬沙季像」は見えてこないわけですが……ともあれここまで来れば、だいぶ彼女がどんな人物なのかがわかるようになっています。

TVアニメでは大幅にセリフやシーンを省略しているのもあって、原作小説よりもさらに思考しなければならない余地が大きいのですが、ちゃんと観ていれば理解できる……というよりは、感じ取れるようになっているなという印象です。

・沙季は思想が強い？

ジェンダーロールへの忌避感や性別への配慮など、昨今いろいろと物議を醸しがちなことについて、真っ当とも言えるし神経質とも言える、極端に気にしている様子を見せています。この様子を見て、もしかしたら沙季に対して「思想が強い」と感じる人もいるかもしれませんが、彼女には思想があるようでいて実は何もありません。

沙季のコミュニケーションの在り方は、本人の言葉を借りると「武装」になるわけですが……実はその単語からイメージされるほどの攻撃性は持ち合わせておらず、どちらかと言えば彼女の「戦い」は実は「防御」に偏っていることにお気づきでしょうか？

沙季が他人を強く否定したり、悪く言ったりしたのは「母親を悪く言う声」について非難した時だけで、それ以外の時に攻撃的な言動を取ったことはありません。友達を切ったと話したときも、友達だったであろう人たちの悪口を重ねたりはしませんでした。なので、彼女の「武装」とは「ハリネズミ」のようなもので、やわらかい本体を守るための防御であり、触れたら痛いぞ、触れたら攻撃するぞ、という威嚇に近い性質を持っています。

ジェンダーロール云々についても、それに対して不理解である状態に自分を置きたくない、不理解を押しつけられるのが嫌なのでそこは反発する、というだけで、不理解な他の人間そのものを攻撃したい気持ちはないし、同じ思想を持つ人間でなければ許せないといったことは考えていません。

簡単に言えば、彼女は「間違えたくない」だけなのです。それは未熟ゆえの頑なさでもあります。そして悠太から「反射と修正」の話をされるのを経て、「間違いを許容する」ということを学び始めたところなのです。

・悠太のこれまでの人生と、沙季に対しての関わり方

悠太の実母が他の男性と浮気した末に太一の前から去っていったことがアニメ3話で初

めて語られます。実母は他人に対して強く「期待」する人間であり、その「期待」が裏切られるととても傷つき、傷ついた事実を盾に相手を攻撃してしまう性質がありました。もちろん100%彼女が悪いわけではなく、長い時間をかけて蓄積されていった鬱屈とした感情の果てに瓦解してしまっただけで、人間であれば普通によくあることです。実父である浅村太一に100%責がなかったかと言えば、客観的に見たら（悠太から見たら）ほとんどなかったものの、実母の視点から見れば太一は酷いことをし続けてきたわけです。

これは原作小説でも遠回しにしか書いていませんが、太一は今でこそ子煩悩な雰囲気を醸し出していますが、もともとは大手食品メーカーの営業マン——仕事一筋で、かなり忙しく、若手の身分では家事や育児をサポートするだけの余裕はありませんでした。都内に本社機能を持つ大手食品メーカーといえば、誰もが想像するあんな会社やこんな会社なわけですが、年収にして800万円～1000万円前後。相手方の家族を含めて暮らせるようにと、かなり無理をして都内の3LDKに手を出しています。これぐらいの年収帯って裕福なようでいて実はそこまでめちゃくちゃ余裕があるわけではなく、ちょっとずつ生活に不満が生じていたわけですね。実は太一の稼ぎも充分に優秀だし、足るを知れば幸せになれたはずなのですが、満足ができなかったようで、その苦労や凄さを理解せずに侮っていました。そのため実母は、悠太のことは太一以上の地位を得られる人間に育てようと考え、かなり無茶な詰め込み教育を行なっています。しかし小さい頃は出来のいいほうではなかった悠太は母親の期待に応えることができず、苦しんでいました。他人とのコミュニケーションも苦手になり、塾で他人と同じ時間を過ごす苦痛から逃れるために、それが不要だと思われるくらいまで必死で勉強を重ねました。そのため、現在ではかなり勉強ができるようになっているのですが、それは「逃げの努力」であって、前向きな努力ではなく、面倒事や脅威から逃げることしかできないのが自分だと認識するようになっています。回避傾向の人間であることへのコンプレックスがあるとも言えます。

新しい家族——とりわけ沙季（さき）という義妹との生活は、衝突や面倒事が生じやすいイベントであり、彼にとっては本来であればかなりの重圧になりかねないことだったのですが、顔合わせの日に綾瀬（あやせ）沙季から言われた「私はあなたに何も期待しないから、あなたも私に何も期待しないでほしいの」という言葉のおかげでちょっと救われた気持ちになりました。

そうして適切な距離を取っていけば、きっと面倒事を回避しながら生きていけるだろうと思っていて、沙季に対しても深く干渉する気はありませんでした。

ところで２話のいろいろな人の感想を眺めていたら、「信号無視をして突っ込んできたのは車の方であり、沙季は青信号を渡っただけだから悪くない。それなのに悠太が彼女を叱るのはおかしいのでは？」という意見を見かけました。

ごもっともであると思いつつも、これは「ルールを守っていれば何をしてもいい」「ルールを守っていても咎（とが）めた方がいい行為がある」という人間社会の中ではよくある灰色の事例のひとつです。

そして浅村悠太という人間が沙季を叱るかどうかに「ルールを守っているかどうか」は無関係で、どうでもいいことなのです。

　彼は体育の授業をサボっている（ルールを破っている）沙季を咎める気はまったくありません。そんなのは本人の勝手だと思っています。

　又、ウリ（売春）の疑惑に関しても、アニメではモノローグを省略しているのでわかりにくいですが、実は「需要と供給が一致していて、本人がべつにいいなら好きにすればいい」と考えています。もちろんそれは「知らないところで勝手にやってるぶんには関与しない」ということであって、あらためて面と向かって悠太に対して「売春やりたいんだけど」と言ってきたら、苦言を呈するし、止めるような発言をする。――そういうバランス感覚なわけですね。

　ですが、目の前で沙季が轢かれかけてしまったことで悠太の中でこの境界が一気に壊れてしまいます。

「死んでしまうかもしれないことはさすがにスルーできない」という言葉の通り、ここだけは悠太の中で見過ごせないことだった。そして、確かにルールは守っているけれど迂闊だった沙季に、しっかりと釘を刺すようなことを言ったわけです。実際、この場面はアニメだとわかりにくいのですが、普通に注意を払っていた人たちは車の存在に気づいていたので信号が青になったあとも他の歩行者は誰も動いておらず、耳は英会話に集中し、目は蝶々に気を取られていた沙季だけが歩を進めてしまっていました。ルールは守っているが、危うい行動だったのです。

もちろん沙季の咎が大きいわけじゃないのは悠太もわかっているので、場所を移動して、他人の目につかないところを選ぶ配慮を見せながら沙季本人にだけ釘を刺すような叱り方をしています。

ここで初めて「兄」として踏み込んだことで、悠太はもうすこし兄と妹として過ごすように距離を近づけていいのではないか、と考え始めました。

傘を貸したのもそれゆえの行動のひとつです。

・家庭内売春について
沙季がなぜ突然、夜這い（よばい）のような真似（まね）をしてきたのか。これはいくつかのバラバラの点が、彼女の中で致命的にズレた繋（つな）がり方をしたために起きた出来事でした。

その行為に至るまでのきっかけを個別に並べると以下のようになります。
①沙季は本来それほど優秀ではなく、勉強に全力を注ぐ必要があり、最小限の時間で最大限のお金を稼ぎたいと考えている
②「他人に頼る思考」の中途半端なインプット
③悠太の性欲の存在を理解した
④高額バイト＝売春、の選択肢が常に沙季の頭の中にはあった

（左）：悠太に注意される沙季　『義妹生活』P144挿絵
（右）：「私のカラダって、買えそう？」　『義妹生活』P227挿絵

⑤悠太ならば「事」を起こしても、決定的な関係の崩壊には至らず、冷静に今後の関係も構築してくれると無意識に「期待」していた

大まかに上記のことが沙季の脳内にはあり、彼女の頭の中で論理が組みあがった結果、あの行為に繋がったわけです。

①については、体育の授業にも参加せず、通学途中も欠かさず英語の教材を聴いているところで表現されています。自分がまだ足りないがゆえに、勉強とバイトを両立し、成績優秀である悠太を素直に凄いと思っていますし、きっと彼はもともと優秀なのだろうと考えています。

②に関してですが、沙季は「誰かに無償で頼る」ということがまだ理解できていません。それゆえに家族からお金をもらう場合であっても何かを提供しなければならないと考えています。その上で、「兄」らしい頼れる姿をちょっとずつ悠太が見せていたことで、沙季にもすこしずつ無自覚に「妹」らしい甘えが生じつつあって、「悠太に頼る」という選択肢が浮かびました。ですが、その「頼る」を「無償で頼る」というふうには解釈できず、彼に何かを与えなければならないという方向に考えてしまいました。

③に関して。前述の②の思考と「悠太(ゆうた)の性欲の存在を認識する」ということが致命的な噛(か)み合い方をしました。悠太が沙季(さき)に対して性的な興味を持つことがあるのであれば、この同居生活は我慢を強いるものになるとも言えるし、気まずい瞬間というのはいつか訪れるかもしれない。ならば、いっそのこと互いにそういう関係を結んでしまえば気まずさは一時的で済むし、悠太も欲求を解消できるし、自分は家の中での1時間かそこらの行動だけで悠太が何時間も働いて稼ぐお金をもらえる――提供価値として釣り合うのではないか、と考えました。原作小説では、「それを言うなら料理に対してお金を払わせてほしい」といったことを悠太は言いますが、沙季はそれが金銭を受け取れるだけのものだと認識できていませんでした。より正確に言えば、沙季は、ここまでやらなければ悠太が時間をかけて稼いだお金を自分が受け取ることへの罪悪感を処理できなかったのです。料理は彼女にとって難しいことではなく、苦しいことでもありません。難しさや苦しみを伴う何かを捧(ささ)げなければ釣り合わない、と思ってしまった。それは、悠太が「悪人じゃなかったから」でもあります。前の回で、「悪人だったらもっと気が楽だった」と言った意味がここにかかっています。家計をかすめ取ることに何の罪悪感も抱かずに済む相手だったら、何もせずに大学に行くための費用を全額負担してくれと言えていたかもしれない。けど浅村(あさむら)家の二人にはそんなことは言えない――と、少なくとも沙季はそう思っているのです。

④について。「高額バイト=売春」の選択肢は沙季の頭の中に常にありました。

ですが、沙季もさすがにお金の効率だけでは考えていません。それにはリスクが伴うことは理解しているので、そのリスクを負ってまで手を出すべきかについては慎重に検討していて、まだ、手を出すべきではないと判断しています。ですが悠太に対してこれを行なうことにもし成功してしまった場合、おそらく彼女は他の人間に対しても売春していくことになったのではないかと思います。慣れて、そして、一人からだけではやはり金額が足りない、ということにいつか絶対に気づくわけですから。しっかり物事を考え、冷静に、理性的に判断した結果に「一般的に推奨されない行為」に流れていくこともある、ということです。ですがここで悠太がハッキリ拒絶したことで、彼女がその道に進む未来はなくなりました。

⑤について。ここは沙季が無自覚にズレてしまった部分です。フラットに見てくれる悠太だったら、全部わかった上で沙季の行為を認めてくれる、そういう期待を無自覚に抱いてしまっています。又、沙季が悠太に「期待」してしまったことはもうひとつあります。家族の崩壊を起こそうとしないでくれる＝両親には秘密にしてくれる、という期待です。

悠太は父親・太一のことを大切に想っています。元妻の裏切りにあったあとは大変落ち込み、自暴自棄になっている姿を見ています。背伸びをしたり、鼻の下を伸ばしたり、みっともない奴だなと呆れることも多いですが、そういった側面も含めて幸せそうな顔を見せる父親の姿にホッとしていて、その時間を壊したくないと考えています。亜季子さんの方に対しても、きっといろいろあって今ここに至るだろうに、幸せそうに微笑んでいる姿を見て、今この環境は二人にとって素晴らしいものなのだろうと考えています。そして、沙季も同じことを考えているだろうと悠太は予想していました（この「予想」は言い換えると「期待」なので、悠太自身も、すり合わせずに「期待」してしまっていたことを反省することになります）。

しかしもしも悠太と沙季が家庭内売春という不純な関係を結んだ場合、それが万が一にでも両親に知られれば、きっとあの幸せそうな顔を曇らせてしまう。崩壊を招きかねない行為なわけです。

今の家族の崩壊を招きかねない行為であるにもかかわらず沙季がそれを仕掛けてきたのは、悠太であればそうならないように振る舞ってくれると「期待」していたからなのですが、「期待でコントロールされること」が悠太にとって最も嫌なことでした。

ここで悠太が沙季の行為を「それ、俺が一番嫌いなタイプの人間だよ」と言って咎めたのは、その点です。

悠太も、沙季も、お互いのことをちょっとずつ誤解していたんですね。

悠太ならこれは大丈夫なんじゃないか。沙季はこういう人間なんじゃないか。そのほんのちょっとの「思い込み」が致命的なズレに繋がってしまった。

そこで二人はもうちょっとだけ自分のルーツを話そうということになり、その後、互いの別れた親の話をする流れになりました。

・日記パートについて
上野監督は「日記映画」で知られるジョナス・メカス監督が好きとラジオで仰っていまして、どうやらそこから着想を得た映像演出になっている部分がここなのかなと思いました。

ジョナス・メカス監督は、ハリウッドに与さない理念で活動していた方なのもあって、かなりの映画好きでないとご存知ないかもしれませんが、『義妹生活』の映像演出を気に入ってくれた視聴者の方にはぜひ調べてみてほしいです。

いわゆる主流とされる表現、売れ筋とか商業的な魅力だけではなく、文化の裾野の広さやその興味深さ、面白さの一端に触れられると思います。

話が逸れました。

ともあれ、中島由貴さん演じる沙季の独白とともに映像が流れ、しかもただこれまでのシーンを繰り返すだけじゃなくて、そのほとんどが描き下ろしとなっていて、沙季の視点で１～３話までに起きたことが描き直されています。

一枚の絵がちょっとずつ線を重ねて、色を重ねて、完成していくみたいに。ひとつの出来事をちょっとずつカメラの角度を変えたり、視点を変えたりすることで物語として完成する。……そんな演出になっていたかと思います。

沙季の意外と子どもっぽいところや距離の近い人間が少なかったことによる言葉にできない人間関係の戸惑い、モヤモヤ、というものがわかって、一層沙季が魅力的になったと思います。

　こうして沙季のパーソナリティが明かされてからの、ここからの日々は本当に破壊力が強いです。４話以降、話を追うごとにどんどん沙季が可愛くなっていきます。悠太と沙季の距離も、ちょっとずつではありますが、近づいたり、離れたりします。更に読売先輩や真綾といった他の登場人物も関与して、悠太と沙季の生活はどんどん色を変えていくことになります。

アニメ 義妹生活
第4話によせて
（三河ごーすと感想）

・沙季の部屋にいるメダカと水槽

こちらは完全にアニメオリジナルの存在で、原作小説には登場していません。ですが、上野監督からメダカと水槽を登場させたい、沙季がメダカを飼っていることにしたいという要望を聞いて、私も納得してOKの返事を戻しています。これは「私が小説で書きそびれていただけできっと原作通りなのだろう」と思えたことのひとつです。

監督が映像で表現したい意図を私はある程度聞いているので知っているのですが、これを私の口から視聴者の皆さんに明かしてしまうのは野暮かなと思うのであえて伏せておきます。ただハッキリと言えるのは、「メダカの存在は表現すべき何かを象徴するメタファー（暗喩）になっている」ということでしょうか。又、メダカの種類にも意味があります。監督の意図にあまりにも感銘を受けたので、BD／DVDの特典で書き下ろさせていただいた小説でもこの水槽とメダカについて触れました。気になる方は特典付きのBDをご購入くださいませ（宣伝）。

それはさておき、ここからは上野監督に直接聞いたわけではなく、勝手に読み取っていることなので言ってもいいかなという部分について話します。

私が自分で発見したことではなく、音響監督の小沼さんと話しているときに出てきた考察で、私も自分の中で咀嚼できた内容なので話すのですが――TVアニメ『義妹生活』においては「水」がたびたび表現に使われていて、特に水槽の中というのは沙季の息苦しさのようなものを表現しているのではないか、と。これは後の回でハッキリとそれを感じられる描写が出てくるのですが、それについてはその回になったらまた話します。

このことに気づいてからED曲のタイトルを見ると、意味深ですね。「水槽のブランコ」。Kitriさんがどこまで意識して付けられたのかはわかりませんが、この上なくピッタリなタイトルかと思います。

・「現代文を教えて」の距離感
沙季が明確に悠太(ゆうた)を頼ろうとしてくるシーンになります。３話の出来事があって、さらに一ヵ月程度が経過しているのもあり沙季は悠太にすこしずつですが頼ることを覚え始めています。

しかし「現代文を教えて」と言ってくるときの沙季の距離の詰め方は、明らかに普通じゃありません。こんなに急に早足になって、ここまで顔を近づけてくるのはちょっとおかしいわけですね。つまり頼り慣れていない、頼り方が下手であることの表現なのかなと思います。より正確に言えば、「距離の近づけ方が下手」でしょうか。距離を保とうとしている一方で、いざ近づこうと思ったときは極端に、大胆に近づいてしまう——そういう沙季の性質がよく表れている行動かなと思います。

・奈良坂真綾(ならさかまあや)について
意外に思われるかもしれませんが、真綾はめちゃくちゃ頭がいいです。どれぐらい賢い

「私に、現代文を教えて」　『義妹生活2』P37挿絵

かと言うと、東大現役合格が余裕で視野に入るくらいのレベル。これは原作でもあえてハッキリとは説明していないのですが、この機会にちょっと裏設定を明かしますと——実は彼女のコミュニケーションは「バランサー」タイプであり、常に「その集団の中で欠けているタイプ、足りていない属性の人間」を演じるような動き方をしています。アホみたいな言動が目立つのは、この学校がかなりレベルの高い学校で、真面目寄りの人間が多いためです。

たとえば球技大会に向けてのテニスの練習で、「大天空サーブ！」とか言って、ふざけた打ち方をしているのですが……実はこれ、ふざけていい空気を作り出すためでもあるんですね。球技は上手い人、下手な人が明確になってしまって気まずい空気になったり、最初は気楽にやってたつもりがだんだん勝ち負けにこだわり始めて嫌な雰囲気になったりします。特に真面目だったり負けず嫌いだったりする人間が多すぎる場だと、そうなりがちです。そんな中で真綾は自ら率先してふざけることで、空気をコントロールしています。

とはいえ、べつに論理的に、計算でコントロールしているわけじゃなくて、直感的に「こうしたほうがいい」と考えてやっているだけです。天然のコミュ強なわけですね。

沙季のことを心配しているのも、彼女が教室全体をよく見ているがゆえのこと。そして、沙季が悠太と出会って良い方向に変化していることに気づき、悠太との関係を後押ししようとしているのも真綾なりの野性的な勘で「そうしたほうがいい」と感じているのだと思います。

めちゃくちゃ頭が良い奈良坂真綾　『義妹生活2』P66挿絵

弟の人数は内緒です。

・読売先輩について

読売先輩は「黒髪ロングの大和撫子」と思われやすい外見ですが、実際は下ネタが好きで、テキトーで、軽いノリでくだらない話（嘘をついたり、ユーモラスな話をしたり）をするのが好きな女性です。清楚な雰囲気が出ているのは生まれ持った顔立ちが柔和な雰囲気だっただけで、黒髪ロングなのも、いろいろな髪型や色を試してみたけれど黒髪ロングが一番自分に合っていただけ。性格とはぜんぜん関係ないのだけれど、見た目から清楚でお淑やかな性格を期待されることが多く、「素」を見せると驚かれたり、ガッカリされたりすることが多かった。更にテキトーな嘘（冗談）とガチ雑学をまじえて話すのが楽しいからそうしたいのに、見た目の印象から「真面目」「誠実」と勝手に思い込まれ、「真面目そうなのに何か変なこと言ってる……」という引かれ方をしたり、明らかな冗談なのに「たちの悪い嘘をついている、腹黒」と勘違いされたりします。その反応がいちいち面倒で、よっぽど交友関係を進めたいと感じた相手以外には「素」を見せないで、イメージされる通りの大和撫子を演じています。天然でやっている真綾とは違って、読売先輩は論理的に、かなり考えた上でこのコミュニケーションを選んでいます。とはいえ、沙季ほどのガードの堅さはなくて、初めて会う人に自分のノリが通用するのか一度さらっと試験的にジャブを打って確認し、「あ、無理だ」となったら大和撫子モードに、「行ける」となった

読売栞

ら「素」モードになる感じですね。悠太は彼女の「テキトー話」のジャブに対して100点満点に近い反応を返したことで、とても打ち解けた仲になった……ということです。

彼女に関しては5話でもっと掘り下げられることになります。

・Lo-Fi Hip Hop
ローファイ・ヒップホップは世界中で密かな人気を誇り、2017年ごろからYouTube上で注目を集めていました。もしかしたら日本で知っている人はあまり多くなかったかもしれません。癒やされる、ストレスが緩和される、集中できる——とされ、睡眠用や勉強用に使われることもしばしばありました。音楽自体はけっしてそのために作られたわけで

ローファイ・ヒップホップを聴く沙季　『義妹生活2』口絵

はないと思いますが、結果的にそういう需要と噛み合った側面もある、ということですね。

　もともと小説において「チルな読み味」というものを追求していたこともあり、癒やしを必要とする沙季に聴かせる音楽としてこれ以上のものはないと考え、ローファイ・ヒップホップを作中に登場させました。

　YouTube上でも実際に作曲家の方に依頼し、作っていただいたローファイの作業用BGMを投稿しています。

　尚、TVアニメではあらためて作曲家の方（YouTube版とはまた別の作曲家の方です）にLo-Fi Hip Hopを作っていただいたようです。4話の後半に流れていたローファイ、とても素晴らしく、沙季と一緒にこちらまで聴き惚れてしまいました。

・ED映像

エンディング・アニメーションは映像作家のhewaさんが制作しています。水彩画のようなタッチの絵の3Dで映像を作るという特殊な技法で作られているそうです。上野監督曰く、この映像に出てくる人物が悠太なのか沙季なのか確定はしないが、間違いなく悠太と沙季の関係を仮託した存在である――というイメージとのこと。

これは私の裏テーマを汲んでくださったのか、あるいはたまたまなのか……私もわかりません。

『義妹生活』には私が原作小説を書くときの裏テーマがあります。それは「悠太と沙季が実在していると仮定して、私は自分のフィルターを通して、そんな彼らの私小説を勝手に書いているだけ」と意識することです。

TVアニメ本編は上野監督のフィルターを通して、悠太と沙季の生活を表現している。エンディング・アニメーションは、hewaさんのフィルターを通して、二人を表現している。そういうことなのかな、と勝手に思っています。

アニメ 義妹生活
第5話によせて
（三河ごーすと感想）

・なぜ読売栞は悠太に惹かれているのか
アニメでは悠太と沙季の関係に最も焦点を当てるために、それ以外の多くの部分が省略されています。小説の場合は一イシュー（論点・課題）を描く際に、「脇道に逸れながらもイシューを忘れさせない工夫」がしやすいのですが、映像ではそれが難しいのだと思われます。カメラを向けて、その場面を切り取ることの意味づけが重いと言いますか、「サクッと軽く触れておく」みたいなことが難しい印象です。

そのため、悠太と読売先輩のやり取りも、多くが省略されています。原作小説とまったく同じように読売先輩とのやり取りを描いてしまうと、悠太と沙季の物語という意味ではブレてしまう、ということですね。

ですので、読売先輩が悠太に惹かれている理由を察するのは、かなり難しいかもしれません。とはいえ、理由なんて正確に理解できなくても、「ただありのままにそうある」ということをまるっと受け取ってしまえれば作品として成立しているわけだし、問題ではないなと個人的には思います。

……で、読売先輩が悠太に惹かれている理由について。

一番大きなところは、「冗談やテキトーな嘘も、ガチな雑学も、下ネタも、本の話も、興味を持って、あるいはフラットに、しっかり打ち返してくれる」部分です。

読売先輩は実は沙季とは正反対の性格の持ち主でして、沙季が真面目な話が心地好く、ユーモアやふざけた話が苦手なのに対して、読売先輩はユーモアやふざけた話といったノリが心地好く（やりやすく）、真面目な話が苦手です。真面目と言いますか、シリアスな雰囲気の会話が苦手だったりします。特に自分から悠太に話しかけるときには、ユーモアをまじえずに真面目な切り口で声をかけるのは、かなり気が引ける……と思っています。

悠太が、真面目な会話を望む沙季にとっても、ふざけた会話を望む読売先輩にとっても、心地好いコミュニケーションができていたのは、彼が誰に対してもフラットな姿勢で対応している証拠でもあります。


さて、読売先輩が「冗談やテキトーな嘘、ふざけた会話を得意とし、シリアスな雰囲気を苦手とする」に至った彼女の生い立ちについて語っていきます。

彼女は幼少期～小学校中学年あたりまでは男子と遊ぶことが多く、男子的なコミュニケーションにどっぷりと浸かってきていて、そこに心地好さを感じていました。が、高学年になり性差が顕著になるにつれて友達は減っていき、孤独になり、勉強家で読書家である兄の影響で本を読むことが増え、本好きになっていきました。中高大学と女子校に通いながらも男性との接点がまるでないわけではなく、合コンなどに連れていかれることもありましたが、そこで出会う男たちのつまらなさにかなり辟易(へきえき)しています。まあこれは男に限らずですが、彼女の嘘や冗談を真に受けすぎたり、ドン引きしたり、腹黒と思ったりと、彼女にとってはユーモアの範囲で楽しく話せればいいのになーぐらいの軽い気持ちで発した言葉が想定外の捉えられ方をしてしまうことが多発しました。他の、わかりやすく軽い雰囲気の子が似たような会話をしているときはそんな雰囲気にならないのに、読売先輩が同じことを言うとドン引かれる。「栞はそういうタイプじゃないじゃん。無理しなくていいよ〜」みたいに気を遣われる。もっと言うと異性の人間は、すぐにシリアスな雰囲気を出してきて、口説こうとしてきたり。そんな人間関係に疲れていました。
悠太は、そうではなかった。思い込みを排してフラットに接してくれる彼との時間に心地好さを感じており、好意を抱くようになっていったというわけですね。

このあたりは「漫画エンジェルネコオカ」での「出張版」に、実は読売先輩のスピンオフを掲載していて、そこで秘密の一端に触れています（ただこれはかなり表面的な部分で、彼女の人格形成において最も大事な「過去」の出来事には触れていません）。

もうひとつ、彼女の人格において大きな要素があるのですが、それについてはもっと後の方で語ります。

ところでこういった読売先輩の思考の流れは原作小説でもハッキリ書いていません。設定は存在しながらも、表には出さずに香らせる程度に留めています。それは『義妹生活』が悠太と沙季の私小説であるならばその真実に至れるはずがないからです。読売先輩の過去やバックボーンをすべて誤解なく伝わるように作品を書いてしまったら、その時点で「嘘」だと感じてしまうので、私は本編であえて明示していません。

・なぜ悠太は女性が苦手なのに読売先輩と仲がいいのか？
　では、そもそもなぜ読売先輩が必要なのか？　悠太と沙季の物語と言うのであれば、余計な登場人物なのではないか？　もっと言えば、女性が苦手なはずの悠太の交友関係としては不自然じゃないか？　そう思う人もいるかもしれません。

　しかしあたりまえのことですが、読売先輩は、物語上、必要不可欠な存在です。

　まず悠太の「女性が苦手」という属性ですが、その要素をきわめてフィクション的に処理すると「女性といっさい近づかない、交友関係を持たない」や「女性と触れ合うと何らかの拒絶反応を起こす」といった表現になりがちかと思います。しかし悠太の状態はべつにそういった肉体的不調を伴う病気のようなものではありません。彼が苦手としているのは、男女の性的関係（恋人関係や夫婦関係、片想い等）であり、そこにつきまとうあらゆる感情や行動そのものです。永遠の愛を誓いながら裏切るだとか、自分は浮気をしていながら相手のことは束縛するだとか、勝手に期待をかけておいて満たされないと怒るだとか、そういうことに対して忌避感、嫌悪感のようなものを持っています。逆に言えば、そういう色っぽさのようなものに巻き込まれなければ大丈夫ですし、表面的な関係性であれば女性ともふつうに会話することができます。恋愛関係を意識するのは苦手だけど、異性とのコミュニケーションも表面的には普通にできます、という人も現実には多いのではないでしょうか。つまりそういうことです。

　読売先輩は特別女性として認識することなく会話できている。そのため、悠太にとって

丸友和

も接しやすい相手ということです。ほとんど男友達のような感覚なわけですね。

男友達と言えば、TVアニメでは尺の都合で丸との会話がかなり省略されてしまっているので女子とばかり話しているように見えてしまっているかも。そこは痛しかゆしな部分ですね。

が、読売先輩の場合は丸と違って、ただ気が合うだけの友達……の役割だけでは済みません。

女性に対して「性」の部分を意識しなければ円滑にコミュニケーションできる悠太です

が、沙季との同居によって、徐々にその意識と向き合わなければならなくなりつつあります。そのため、これまでだったら気にならなかった読売先輩との関係についても、無自覚ではありますが、ほんのりと、見つめ直すことになっていくわけですね。もちろん、いきなり恋愛感情を持つことになるわけがないのですが、普通であれば恋愛対象になってもおかしくない相手とこんなに近しい距離にいる、ということを意識することになるわけです。

これはこの後の展開でもたびたび提示される「恋愛感情の鍵ってどこにあるんだろうね」という問題にかかわってきます。「気が合うから好きになる」「一緒に過ごす時間が多いから好きになる」「見た目が美人だから好きになる」のであれば、読売先輩でも良かったはず。感情が論理的に、理屈だけで説明できるなら、「読売先輩に恋愛感情を持たないなら、沙季にも持たない」そういう結論になりそうなものですが……。このあたりも、考えながら観ていってもらえるといいのかなと思います。

・劇中劇について

原作小説ではあまり具体的に言及していなかった劇中劇が、かなりガッツリ描かれていました（笑）。

正直、私も「ここまで描くの!?」と驚いた部分です。

本編に動きが少なく見えるシーンが多いのは「静」の作品であるがゆえの演出上の意図なわけですが、このスタッフさんたちが「動」の演出を意図したらこんなにアクション豊富になるんだというのがよくわかるのではないでしょうか。

　もっとも、本編にしてもＯＰの動きは凄まじいものがありますし、ふだんの生活所作の難しさを想像すると、実は細かいところでかなり動きの多い作品だと思うのですが。

　ところでこの劇中劇をあえてボリューム多めにやったのは何故か、について。これは制作陣に聞いたわけではないので完全に私の予想でしかないのですが、おそらく「読売先輩が好きすぎたから」じゃなかろうかと思っています。

　あえて言うまでもなく当然のことですが、悠太と読売先輩が結ばれたら駄目です。それでは別の物語になってしまうので。しかし、この劇中劇で悠太と読売先輩の関係性のｉｆを暗示することで、その想いを昇華することができる。だからここまでの劇中劇の作り込みに至ったのではないでしょうか。上野監督、スタッフの皆さん、違ったらごめんなさい（笑）。

　私が「アニメスタッフさん達、読売先輩が好きすぎ説」に至った理由については、以下の『「あと半年の命」発言について』項目でもうすこし掘り下げようと思います。

・「あと半年の命」発言について
　読売先輩の彼氏になりたい方々、この発言にどんな反応をしましたか？

「え？　本当に……？」と、ガチで心配してしまった人。残念ながら、不合格です。

……というのは、冗談半分、本気半分。

でもここでＴＶアニメ版の悠太と同じ返し方ができれば、読売先輩とめでたく結ばれること請け合いです。

うーん、なんてめんどくさい人間なんだ、読売先輩。

原作小説を追いかけている人はすでに知っていることと思いますが、半年後に読売先輩は死にません。生きています。

なのでここでの「あと半年の命」発言は完全に嘘なわけですね。これは読売先輩の冗談史上もっとも「たちの悪い冗談」であり、実は原作小説ではこれを言った後、「あー……ごめん。うそうそ」と謝っています。

ＴＶアニメでは謝っていないんですが、それは何故かというと——実はそもそも原作小説とＴＶアニメで、悠太の回答が違っているんです。

原作小説では「どこまで本気だ？　どこまで冗談だ？」と探るような沈黙が続いてしまい、読売先輩は悠太の回答を待たずに「さすがに悪趣味だったね」とネタばらしをします。これは読売先輩のコミュニケーション「冗談を軽く打ち返してくれる関係性」がどこまで通用するのかを試す行為であり、甘えでもあり、彼女の中で、これを打ち返されたら告白しようというものだったのですが——読売先輩自身、悠太を試してしまったことに即座に自己嫌悪し、ネタばらしをした上で「こんな試し方をしちゃった自分より他の人と恋仲になったほうが悠太には幸せだな」と直感して身を引いたという……。

ですが、ＴＶアニメでは悠太は彼女が反省して身を引くよりも先に「正解」を引き当てました。

読売先輩は一歩を踏み出そうとしましたが……間の悪い自動販売機のせいで、結局は原作小説通りの流れに合流したわけですね。

上野監督が読売先輩の性質をどこまでご存知であったかはわかりませんが、悠太に「正解」させ、ワンチャンスを生じさせたのは確かです。そこで私は「アニメスタッフさん達、読売先輩が好きすぎ説」に確信を持つことになったわけです（笑）。

ところで「あと半年の命」発言がなぜ恋愛に発展するかどうかの最終試験になったか、なぜこんなことを読売先輩が口にしてしまったのかと言うと、これには原作小説でも書いていない裏話があります。

そしてその裏話は、上野監督にも話したことがありますので、ＴＶアニメの描写は、それを前提として描かれていると思われます。

もちろん言うまでもありませんが、「最終試験」というのはわかりやすさのためにそう表現しているだけで読売先輩はべつに「恋人に値するかどうか試してやろう」と思っていたわけじゃありません。

ただ、一緒に映画を観て、良い雰囲気になって、沙季のこともあって関係性を一歩前に進めようかを考えたとき——これまで出せずにいたシリアスな雰囲気を出しながら話を切り出そうと思ったものの……ユーモアやふざけたノリを会話の糸口にしなければやはり声をかけられなかった。なので映画のセリフを取っ掛かりに、苦手なシリアスな雰囲気の中で告白に向かおうとしたのです。

　その上で、彼女は一般的にはたちの悪い冗談を言ってしまった。距離の詰め方が下手な沙季と同じように、シリアスな話をするための切り出し方や話題の出し方が下手なのでこんな切り口になってしまった。

　小説版では、悠太が答える前に自己嫌悪して自制。ＴＶアニメ版では答えてもらえたから可能性が生じたものの、やはり駄目でした。

　さて、ここで２つ疑問が残ります。「読売先輩が命にまつわるようなことさえ冗談にできてしまう理由」と「これが恋愛関係に進むかどうかの最終試験になる理由」です。

その答えは、彼女の死生観にあります。

　読売先輩は余命半年ではないものの、生い立ちから「命」に対してちょっと思うところがある人物です。特殊な死生観を持っている。シリアスな雰囲気が苦手になった理由も、そんな死生観を持つに至った過去のある出来事が関係しています。

　人間はいつ死ぬかわからない、今読んでいる本も読み終わる前に死んでしまうかもしれない、「未来のためだから」とやりたいことを我慢してやるべきことだけやっていたらやりたいことができるようになる前に死んでしまうかもしれない。だから今、目の前の好きなことだけを何の気兼ねもなくやって、やりたいことを我慢せずに全力で取り組む。テキトーなこと言いたいときにテキトーなこと言って、真面目な話をしたいときに真面目な話をする。言ってしまえば「常に余命半年――あるいは余命１日のつもりで生きている」のが読売栞という人物なのです。命、あるいは生き永らえるということに対しての重みを、一般的な人に比べて感じていない、とも言えます。なので、命に対しての温度感が揃う相手でなければ、いくら心地好い距離感だとしても一生を添い遂げる相手としてはしんどいだろうということですね。

小説版の悠太は、命に対しての温度感で読売先輩とは微妙なズレ方をしているので、恋人ならともかく結婚まで行ったりしたら、きっと細かいところでうまくいかない。仮に恋人のような関係になり得るとしたら悠太みたいな相手しかいないだろうなと思いつつも、そんな悠太でさえピッタリとはいかない、というところで彼女はある意味で映画のヒロインのような恋愛的なハッピーエンドは自分にはないんだろうなということを悟ったのかもしれません。人生の楽しみはさまざまなので、彼女は恋愛以外の部分で人生をハッピーエンドにしていく道を選ぶのかもしれませんね。

・運命の分岐点

原作小説では悠太と読売先輩が恋仲になる未来は訪れないという描き方でしたが、ＴＶアニメではかなりきわどかったという描き方になっています。

この話を始めたのが自動販売機の前でなければ……どうだろう、ここで読売先輩が告白できていたら、ＴＶアニメの悠太はどう答えたんだろう。たぶん即答ではないにしても、悠太と読売先輩は付き合うことになったんじゃないかな、と思うのですが、私にもわかりません。

いずれにしてもここが悠太、沙季、読売先輩にとっては最初で最後で最大のターニングポイントになりました。


ちなみに読売先輩が本気で嫉妬している描写はありません。原作小説でも、ありません。おそらく誰かと付き合うことになったとき、彼女は相手をほぼ束縛しないと思われます。何なら相手が浮気しても許容するかもしれません。おちゃらけたふざけた嫉妬は見せるかもしれませんが、シリアスな雰囲気で浮気を咎めたり、喧嘩をしたりするのは苦手だと思います。それに半年後、1日後に死ぬかもしれないのに相手の人生を縛るのはどうなの？って考えも持っていますし、相手も半年後、1日後に死ぬかもしれないんだから好きなように生きればいいんじゃない？って考えもあります。

そういう人物なので、嫉妬心や悩みがゼロというわけではないけれど、表面にそういう感情は出にくいわけですね。

まあ、嘘が得意な人ですから、隠すのが上手いだけなのかもしれませんが。

・沙季の感情
読売先輩と映画に行ったという話を聞いて、沙季は何らかの感情を抱いています。

さて、それはどんな感情でしょうか。現代文の読解問題だとしたら、こんな簡単な問題

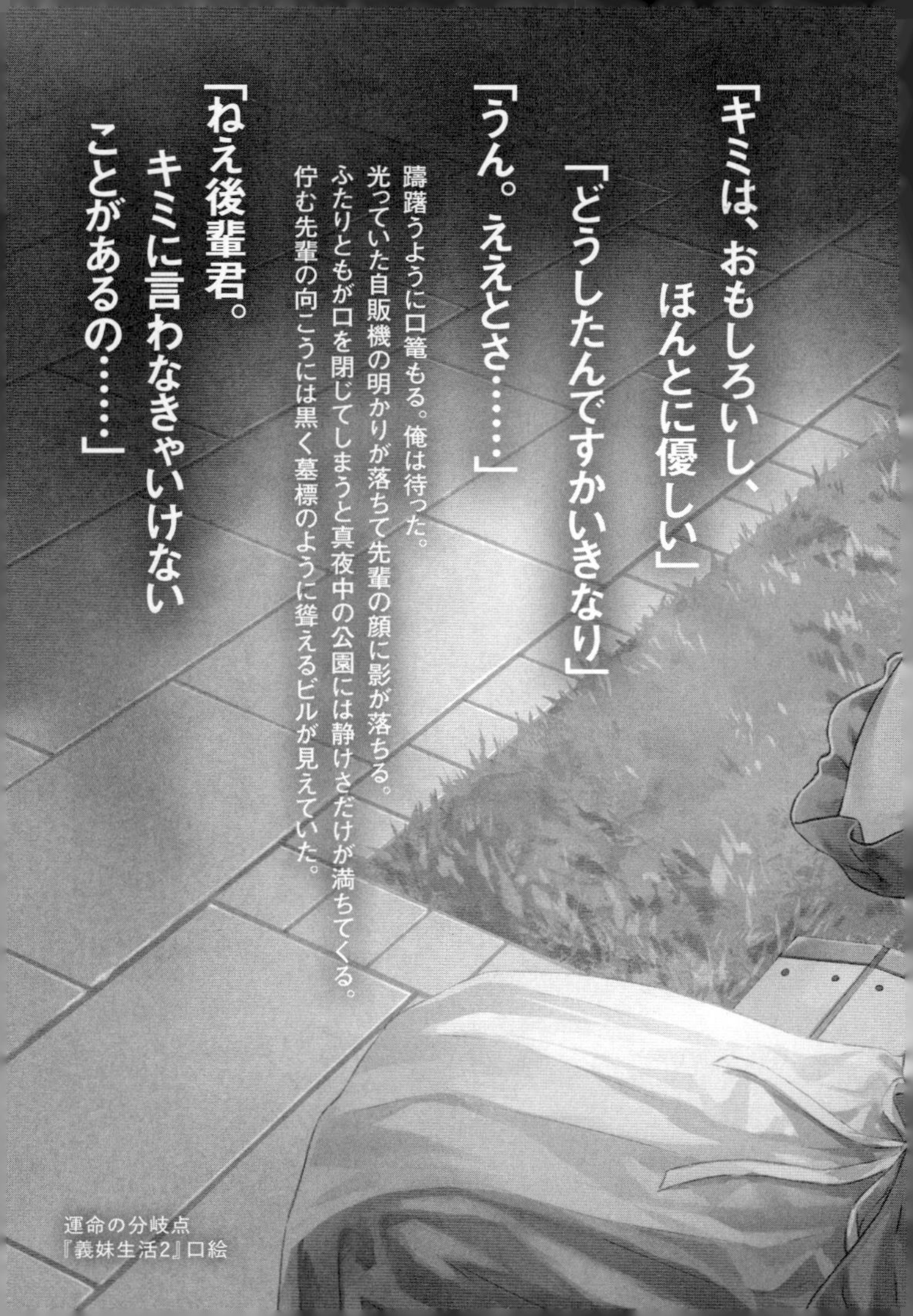

「キミは、おもしろいし、
ほんとに優しい」
「どうしたんですかいきなり」
「うん。ええとさ……」
躊躇うように口篭もる。俺は待った。
光っていた自販機の明かりが落ちて先輩の顔に影が落ちる。
ふたりともが口を閉じてしまうと真夜中の公園には静けさだけが満ちてくる。
佇む先輩の向こうには黒く墓標のように聳えるビルが見えていた。
「ねえ後輩君。
キミに言わなきゃいけない
ことがあるの……」

運命の分岐点
『義妹生活2』口絵

はありませんよね。

ただ、実際に沙季はどんな感情を抱いているのか。抱いた感情をどのように処理しているのか、そのあたりが判明するのは次回以降となります。

読売先輩から「ガチなやつかも」と、悠太は沙季に恋愛感情を向けられている可能性を初めて指摘され、意識するきっかけとなります。

この時点で悠太はそんな可能性をこれっぽっちも考えていなかった&本人も沙季に対して恋愛感情を持っていなかったので、「まさか」と受け流していますが……。

アニメ 義妹生活
第6話によせて
（三河ごーすと感想）

・帰宅中の真綾がスマホを向けているシーン
　ここで真綾は「二人でカップル YouTuber とかやればいいのに〜。画になるよ〜」といった感じでからかっています。原作小説では沙季が高額バイトを探していたというのにもやや関連し、YouTube で人気になれば一攫千金だよ！　的な会話をしています。

　これは物語自体の進行や意味合いとはあまり関係ありませんが、そういう日常会話もあるよねといったたぐいのやり取りです。

　又、『義妹生活』は作品発表の初出が YouTube ですので、YouTube 版の位置づけを遠まわしに示唆するためのやり取りでもありました。

　YouTube 版は小説版やTVアニメ版とは異なりバラエティ色の強い内容となっていますが、それは「実在する悠太や沙季が YouTuber の演者として振る舞っているのが『義妹生活』チャンネル」という位置づけだという裏テーマがあります。ですので、YouTube の彼らは間違いなく本人たちではあるものの本人そのままではないというイメージでいます。YouTube 版で二人が暮らしていることになっている家は「セット」でして、彼らが実際に暮らしている家ではなく、そのため初期のころは同じ部屋で二段ベッドだったりしますし、世界観がぶっ壊れていきなりSFになったりホラーになったりします（笑）。

　悠太と沙季が演者、真綾がカメラマン、丸が裏方で運営している YouTube チャンネル……それが『義妹生活』チャンネルなのです（途中からカメラマンや裏方が動画に出始めるのも、YouTuber のあるあるな流れを踏襲しています）。

・浅村家の料理当番事情
ここ一ヵ月ほど、亜季子さんや沙季が料理当番をすることが多かったのですが、べつにこれはこの二人に料理当番を押しつけようとしていたわけではありません。単純に悠太と太一にそのスキルがなかったため、この二人が当番のときには出来合いの総菜やカレーあたりになることが多く、亜季子さんや沙季が担当すると一般的な家庭料理になることが多かっただけです。つまりスキルがある方が多めに担当していたわけですね。ただ、それではまずかろうということはわかっていて、悠太や太一もだんだんと料理を覚え始めています。

悠太が「今日は俺が作るから勉強に集中してて」と言ったのも、べつに今日初めて料理当番を担当するわけじゃない（学び始めてはいる）けれど、今日は当番の日ではなかったという話ですね。最近学び始めたとはいえまだまだ料理初心者ですので、全然駄目なわけですが……。

・真綾クッキング終了の時間
真綾は酢豚づくりを手伝うだけ手伝って、一緒には食べずに帰りました。これは真綾が悠太と沙季を二人きりにしたかったというのもありますし、彼女自身の家庭事情も関係して帰宅を選択しています。

原作小説ではハッキリ書いているのですが、そもそも真綾は放課後ほとんど友達と遊べません。今日、沙季の家に行けたのはかなり特殊なことです。と言いますのは、真綾の家は裕福であるものの、裕福さの理由は両親が忙しく働いているからであって、両親は夕飯の準備をほとんどできません。そして小学生くらいの弟が大勢いるわけなのですが、彼らが食べる夕飯を作るのは真綾の仕事です。この日は母親が珍しく早く家に帰ってこられそうで、夕飯も作ってくれるということだったので真綾は遊びに行くことができたわけですね。

で、真綾としても母親の手料理を食べられる貴重な機会なので、帰宅して夕飯を食べたい、と思っているわけです。このあたりは悠太と沙季の物語に直接関係のある話ではないので、ＴＶアニメ版ではある程度カットして描いているのだと思います。

・夏の豪雨

ここ数年、渋谷を含め、東京都内は夏にゲリラ豪雨に見舞われることがとても多いです。凄まじい雷と強風、洗濯機の中にいるのではと錯覚するほどの雨が降ることもあります。渋谷に暮らしている悠太たちも当然こういった気象を経験することになります。

東京のゲリラ豪雨を経験したことがない人にはわかりにくいかもしれませんが、命の危険を感じるレベルの雨です。災害レベルの雨で、この気象の中で家族の帰宅が遅れていて、連絡もつかないというのはすごく心配になる出来事です。

それに加えて悠太はＴＶアニメ版では明言されていない（原作小説では明言されている）、ある懸念を抱いています。「人によってどんな出来事が○○のトリガーになるかわからない。他の人からすれば『そんなことで？』と思うようなことで○○してしまうこともある」という話を脳裏によぎらせています（※○○はセンシティブ避けで伏字にしていますが、お察しください）。他人からは「そんなことで」と思われることをトリガーに○○してしまう学生が数万人に一人いるとして、ここまでの生活で悠太は、沙季が数万人のうちのどちら側に位置するのかわからないと感じています。少なくとも世間一般の平均的な感性の持ち主ではないと思っているし、だとしたらパーセンテージの少ないほうの行動を取ってしまう可能性を否定できない。それでどんどんと不安が積み重なっていった……というわけです。

・ギブ＆テイク感覚の不均衡

沙季は悠太に勉強を教えてもらったり酢豚を作ってもらったりしたお礼だからと特別なご馳走をしてあげたいと言っていますが、悠太は「料理を作ってもらっている回数が明らかに沙季の方が多いし、釣り合ってない」と返します。沙季は「ギブ＆テイクはギブを多めに」と言っているものの、それにしたって悠太視点では沙季のほうに天秤が傾きすぎているように思えます。

しかしこれは、沙季が、彼女の中に秘めている感情への罪悪感や悠太に対しての細かいコミュニケーションのズレへの罪悪感を含めて天秤に載せているために生じている感覚のズレです。甘えるべきではないのに、甘えてしまっている。こんなこと思うべきじゃないのに、思ってしまっている。そういった、沙季自身の中での矛盾や不均衡を是正するために悠太の利になると明確に思える何かを返さないといけない——そのように考えているわけです。

又、原作小説では悠太はここで「この義妹はどれだけ返そうとしても、更に大きなギブを返してくる」といったことを感じています。悠太としては貸し借りを作りたくない、その不均衡を作らずにフラットな関係を構築したいのですが、どれだけ返そうとしても沙季が倍プッシュしてくるので永遠に返しきれない……といったところで、そこそこ心乱されています。

又、「今日のところは素直にご馳走になればミッション達成？」「うん、そうしてくれるとうれしい」というやり取り。これも些細なようでいて実は歪なやり取りでして、ふつうはご馳走される側がご馳走する側に「お願い」をして、ご馳走される側が「ありがとう」とか「うれしい」とか返します。しかしここではご馳走する側が何故か「お願いする側」になっていて、される側が「お願いを聞く側」になっています。

原作小説でこのとき悠太は、こういった不均衡、トリガーとアウトプットが一対一の図を描いていないということこそが現実の難しさだということを感じています。読売先輩と観た映画の中での出来事とも比較してそう感じています。映画の中では、わかりやすく恩を受ける側が「ありがとう」、恩を与える側が「どういたしまして」のやり取りをしていて、アウトプットに不均衡がありません。ですが現実は、自然物が人工物と違って歪な形になりやすいのと同じように、必ずしも一対一の形をしていないわけですね。

・狭い密室空間に二人きり

原作小説でやった表現として、ここは個人的にもお気に入りといいますか、よく書けたなと自画自賛している部分です。

ここも映画と違ってドラマティックさが足りないなと悠太が自嘲的に感じる場面です。主人公がヒロイックな思いに駆られて駆け出したら、次に見晴らしのいい丘とか高いビルの屋上とか、まあとにかく特別感のある素敵なロケーションでヒロインと再会し、熱量たっぷりの会話をこなすことになるわけですが……悠太が沙季と出くわしたのはマンションのエレベーターという毎日使っている日常的な空間、しかも沙季に何かドラマティックな問題が降りかかっていたわけではなく、大きく揺り動かされるような会話が展開されるわけでもない。どこまでも日常的。しかしここでの悠太と沙季の会話は、二人にしてはわりと踏み込んだ、地味に距離感が変わるようなものだったりします。

ここで込めているメタファーについては、映像の解説というよりは原作小説の意図の解説になってしまって、自分の手法を説明しているようで気恥ずかしいのですが……この長文は読者サービスの一環ということで、ふだんはやらないけどあえて説明したいと思います。

狭い密室とは、「人間の脳」を示唆するメタファーです。人は脳みそという狭い密室の中であれこれ物を考えて、行動を決定していくわけですが……つまり「狭い密室に二人きりで会話する」というこのシーンは、いろいろと自分の頭の中で考えがちな悠太(ゆうた)と沙季(さき)という二人が、自分の頭の中身を開示したりすり合わせたりすることを意味しています。

特にエレベーターは「行き先を設定したら目的地まで運んでくれる」という性質があります。明確な関係性の行き先がまだ定まっていないので、どこにも移動することのないエレベーターの中で会話をし、結局は下にも上にも行かずにその階のまま二人で降りることになるわけですね。

今回は原作小説でも映像演出を意識していた部分でもあるため、映像の解説がそのまま原作小説の解説にもなることが多い回でした。

エレベーターの中で会話する二人　『義妹生活2』P233挿絵

義妹生活

another days

アニメ 義妹生活
第7話によせて
（三河ごーすと感想）

・沙季は何故現代文が苦手なのか？（日記パートでの答え）

沙季が現代文が苦手な本当の理由が日記パートで理解できるようになっています。

表面的な理由として、沙季が悠太に対して述べたのは「登場人物の気持ちがわからない」でしたが、更にもう一歩先に踏み込んで、沙季の人間性が垣間見えます。

沙季は日記の中で「人の心なんて理解しないまま、要点だけをつかんで問題を解き進めていけばいいのに。何故かそれができない」と語っています。つまり「人の心の問題について、適当に処理して受け流せない」ということであり、真面目に捉えて考えがちな性格であるということです。現代文のテストはべつに人の心が理解できなくても解けます。ただ、そこで理解できずに前に進むという割り切りが苦手な沙季は、そういうふうに解くことができず、そして時間切れになってしまって大した点数が取れなかったわけです。これはテストの点数のみならず、沙季自身の精神性が色濃く出ている特徴ですね。

・タオルケットの話

前の回で、「タオルケットをかけたということは悠太は沙季の部屋に入ったってこと？」という読み取り方をしている声をいくつか見かけました。なるほど、そういう考えもあるのかと思いつつ、実際のところは沙季は自室じゃなくてリビングで勉強していたために悠太が寝落ちしている彼女に気づいてタオルケットをかけることになったわけですね。

頼まれたわけじゃないけれど、よけいなお世話かもしれないけれど、その人のためになると信じて何かをする。そういうことがちょっとずつ二人の間で増えてきています。

・真綾の撮影を嫌がる沙季

これも原作小説にあったやり取りが悠太視点ではカットされていましたが、日記パートで回収されました。

最初の顔合わせでも言っていたように沙季は写真の撮影を嫌がります。たぶん、動画もそう。今の状態の自分の姿が半永久的に保存されるのを避けている節があります。その理由などは原作小説の11巻で語っていますので、あえてここでは明言しません。

・沙季の嘘と本心

日記パートを観るとわかると思うのですが、実は悠太に対して発した言葉には多くの「嘘」がありました。

雨の日、どうして帰りが遅くなったのか。どうして連絡がつかなかったのか。どうしてバイトの面接に応募したのに黙っていたのか。ここ数日の沙季の言動は「嘘」だらけで、本心をまったく言葉にできていません。

もともと沙季と悠太は「お互いに相手に期待しないで生きていこう」と約束しましたが、それは「何か気になることがあれば我慢したり嘘をついたりせず（相手に察してもらうことを期待せず）、しっかり内心を開示してすり合わせていこう」という約束です。

この一週間の出来事の中では、たとえば悠太が現代文を教え始めたときに「痛いところを突かれた気がしてちょっと嫌な気分になった」と素直に開示するところ等にそれが表れています。

モヤモヤした気持ちを抱え込まずにしっかりと言語化し、相手に開示することが大事だというのが沙季の価値観で、それゆえに『三四郎』で主人公たちが自分の感じた素直な感情を言葉にしないことが理解できずにいました。

しかしこの一週間、沙季は悠太に対して嘘をついています。素直にモヤモヤを開示してすり合わせることをせずに、自分の中で勝手にモヤモヤしています。これはもちろんポリシーに反するアウトプットなわけですが……沙季は人間ですので、こういった「理性ではそれが大事とわかっていることが実行できない」ということが起きたわけですね。

ＴＶアニメ『義妹生活』への感想を見ていると、どうやら中には沙季や悠太の言葉を額面通りに信じている人も多かったように思います。３話の日記パートでこの作品では登場人物のセリフが本心ではないこともあると伝わっていたかなと思っていたのですが、必ずしも伝わっていたとは限らなかったようです。ですが、この７話の日記パートでよりわかりやすく、明確に、沙季が嘘をついていることがあると伝わったのではないでしょうか。

沙季本人が言っているように、彼女自身が小説の登場人物のようになってしまった――つまり、表面的なセリフだけでは感情が読み取れず、チグハグとなっており、行動などと合わせて推察することでしか本心を導き出せない存在となってしまったということですね。

彼女はそれを「小説の登場人物」と表現しましたが、むしろそれこそが人間そのものなんだよなぁと私は思います。

・水の中で眠っている幼い沙季
上野監督がこの日記パートで幼い沙季を描いたことで、私の中にずっとあった大きな疑問が解決しました。実は私がこの長文解説をやろうと思えるぐらいにこのTVアニメ『義妹生活』にハマりこんでいるのは、この7話の日記パートから12話にかけての素晴らしい表現の数々に完全にやられてしまって、綾瀬沙季という存在に対して初めて愛おしさみたいなものを感じてしまったためです。

私の中にずっとあった大きな疑問。それは、「なんでOP映像、子どもの頃の悠太と沙季をこんなに描いてるんだろう……」でした。特にサビの部分。一番の盛り上がりどころであるサビの部分を、ほぼずっと子どもの姿で描いている作品を私はあまり知りません。基本的に私のアニメ化のスタンスは、アニメはアニメ、原作は原作。アニメ制作のための取っ掛かりに原作の情報が必要であれば提供するけれど、アニメをこうしてほしいとか、自分の作品のアニメはこうあるべき、みたいなことは何もありません。なので、監督がそうしたいというのであればNGする気もなかったので、意図はわからないけど、なるほどそういうものか、とOP映像についてはぼんやり眺めていました。

しかしこの7話の日記パートで、水の中で眠っている幼い沙季を見て、「あ！　そういうことか！」ととても気持ちよく腑に落ちたのです。

水の中、というのは言うまでもなく「人にとって息苦しい場所」です。沙季の心象風景として、水が使われることが非常に多い。この日記パートの最後でも水の中に沈んでいるような表現があります。それを踏まえて水の中で眠っている幼い沙季を見ると、これはもう沙季の心の中で封印している「子どもらしさ」の表現に他ならないわけですね。

子どもの沙季は眠っていて、水の中、外界と関わることがなかった。ところがここで子どもの沙季は目を覚まします。目を覚まして、傍らに置いてあった電話で誰かに話しかけます。すこしだけ子どもらしさが目覚めて、外と関わろうとしている。――それが、悠太のバイト先で働き始めるという現実の行動に繋がっているわけですね。

これは沙季の甘えの象徴であり、しかし同時に沙季自身、その目覚めた子どもらしさに困惑しているというか、全面的にそれを受け入れる気はなさそうです。まだどうすればいいかわかっていない状態。せめぎ合っています。

さて、ここでこの「幼い沙季」が表現しているのはそれなんだ、なるほどー、とぼんやり納得した視聴者の皆様。それだけじゃないんです。幼い沙季にフォーカスするのは、べつに沙季の子どもらしさの比喩表現というだけじゃないんです。幼い沙季を何度も見せられていることで、全部がきれいに繋がっていくんです。ホントに。もう。いや、駄目だ。これ以上は7話の話じゃなくなってしまう。えっと、はい。ここまでにします。

・「ほんとに、興味ないとそこまで気づかないものなんだ」
　秋服を飾り始めたマネキンを見ての一連の会話の中で、沙季がぽそっと口にした言葉。

　これは沙季の中でホッとした場面です。

　この帰宅シーンの前にあったことと言えば、書店バイトでの出来事でした。お客さんの問い合わせに対して沙季は本を見つけられず、悠太はあっさりと見つけ出してしまいました。もちろん書店でのバイト経験が豊富なのですから沙季よりも得意なのはあたりまえなのですが……沙季はこの件だけでなく、あらゆる場面で「悠太はよく気がつく人」と思っています。なので悠太がよく気がつく人だから本も探せるのだろうと思っていました。

　しかしこの帰り道でのやり取りで、悠太にもまったく気づけない分野があるのだと知ります。興味の有無やふだんの目の付け方次第で、気づけるかどうかは全然変わってくるんだと、沙季が理解し、今後の彼女にさりげなく影響を与えていきます。

・原作小説とＴＶアニメの構成の違い
　ＴＶアニメ『義妹生活』と原作小説との大きな違いのひとつがこの７話です。

　７話のエピソードは、実は原作小説３巻の内容に入っているのですが、日記パート自体は２巻ラストのものです。

　原作小説２巻は「Ｑ・綾瀬沙季、おまえの醜い感情の正体をひと言で述べよ。Ａ・嫉妬です」という日記で３巻へのヒキとしていて、沙季が嫉妬を感じながら日々どんな生活を送っていくのかの具体的なシーンが3巻の前半には詰まっていました。TVアニメ版ではあえて日記パートを原作2巻範囲のエピソードの直後に差し込むだけにせず、原作3巻の内容とクロスさせることで、より沙季の嫉妬感を強めてくださったのかと思います（もちろん尺の問題もあるとは思いますが）。

読売先輩について悠太が話すときの反応、真綾に誘われたプールについての反応。沙季の反応の数々が嫉妬に繋がっているというのが視聴者にも充分に読み取れるような描写を重ねた上で、現代文の模範解答のように「嫉妬です」で収める。とても素晴らしい7話の構成だったように思います。

アニメ 義妹生活
第8話によせて
（三河ごーすと感想）

・亜季子(あきこ)さんの見ている世界

亜季子さんが仕事帰りの道中で子どもの姿を見て、過去の沙季(さき)との出来事を思い返しているシーンがありました。ふとしたときに沙季の小さな頃を思い返してしまうということは、沙季の中にまだ幼い沙季が眠っているのと同じように、亜季子さんの中にもまだ幼い沙季の幻影がくすぶっているということなのだと思います。親として自分は本当にうまくやってこれたのか、沙季にとって良い親で在れていたのか、心の奥底ではあまり自信がないのかもしれません。

ところでTVアニメで初めて亜季子さんに深くフォーカスされたので、原作でも特に具体的には書いてこなかった裏設定のようなものをちょろっと出してみようかと思います。

亜季子さんの現在の職業はバーテンダーですが、もともとはもうすこし水商売寄り、接客寄りの仕事をしていました（具体的にどんな種類の夜職かはご想像にお任せします）。沙季が幼い頃はそういった仕事が多く、沙季が中学に上がったあたり、30代半ばぐらいのタイミングで仕事を変えています。バーテンダーの中でも特に接客、トークが上手（うま）いのは、前職の経験も込みでのスキルとなります。キャリア選択を意識するタイミングだったのと、娘の沙季が中学生で多感な時期（特に性的な内容、偏見的な内容でウワサの出回ることの多い時期）なのもあって、そういったことで沙季が何か嫌な思いをしているかもしれないと懸念して、同種の世界の中で比較的そういったイメージの少ない仕事にシフトしました。もちろん元の仕事にも誇りを持っているし、沙季もそれに対する偏見はありませんが……亜季子さんとしては沙季を守るための選択でした。それに亜季子さん自身、バーテンダーの仕事もやりたかったことのひとつ。けっして無理はせず、ベターな選択をしたということですね。稼ぎは前職のときより減ってしまっていて、そのためあまり余裕は生まれず、沙季も自分を守るために母親が収入を減らしてでも転職したと思っているので、結果的に沙季はさらに亜季子さんを気遣うようになり……まあ、それが良かったのかどうか、亜季子さん自身も測りかねているところなのでしょう。

・ジワジワ効いてくるOPの幼い沙季

TVアニメでどんどん増えてくる幼い沙季のシーン。そこにいつものOP映像……幼い

沙季がバスの中で目を覚ます映像を見ると、なんだかジワジワと胸が締めつけられる気がします。これ、監督やアニメ制作チームの方々は計算していたのでしょうか？　ＯＰで幼い頃の沙季が長い尺で描かれていることが、こんなにも視聴感に響いてくるなんて。アニメならではの心ゆさぶられる仕掛けだなと思いました。

・亜季子さんが再婚しようと思った理由

結婚前、太一も亜季子も現在の状態が理想的なものだとは考えていませんでした。子どもたちが達観していて、非常に危険なバランスの中で生活していることを理解し、心配していました。特に亜季子は、このままの生活環境で沙季を育て続けることに限界を感じていて、もしかしたら大学も亜季子を慮（おもんぱか）って自ら選択肢を狭めてしまうのではないかと心配しておりかなり現実的な視点で太一との再婚を決断しています。もちろん利用しようとか、寄生しようとかいうつもりは毛頭なく、太一と二人で会話をしていく中できっとお互いに良い事になるのではないかと思っての決定ですね。

実はこの二人が再婚するにあたって、どんなやり取りをしていたのか。なぜ、このタイミングで再婚することにしたのかはまた別の機会で……。

・藤波夏帆（ふじなみかほ）、登場

悠太（ゆうた）と同じ予備校に通う女子生徒、藤波夏帆の初登場です。

原作小説では彼女の存在は予備校、書店のお客さん、シミュレーションゴルフでの遭遇など、事あるごとに登場するのですがTVアニメでは微妙に異なる登場の仕方をすることもあります。物語をしっかりまとめるために大胆なシーンのカット、組み換えをしているため悠太と沙季の物語上絶対不可欠とまでは言えない部分は消えてしまいます。

このあたり他のキャラクターのファンの人にはごめんなさいといったところですが……。もともと原作小説では「悠太や沙季の視点で生活を描く」がテーマであることもあり、他の登場人物にも他の登場人物なりの人生があることがうかがえるようなシーンが多いです。

（上）：『義妹生活3』口絵　（下右）：『義妹生活3』P75挿絵
（下左）：『義妹生活3』P193挿絵

丸、真綾、読売先輩、そしてこの藤波夏帆は特に顕著ですね。なので原作小説であったその人物のこのシーンが観たかったなと感じられることもままあると思います。……が、悠太と沙季の物語に完璧にフォーカスを合わせるのであれば致し方ないのかなと思います。

藤波さんはあっさり現れた人物ではあるものの、悠太と沙季の関係、そして悠太の今後において非常に重要な人物です。

・読売先輩と大学の先生

「大学の先生に論破されてぐぬぬ～してたところを見られてたなんて」と話していますが、この直前にあった出来事（原作小説では描かれていた出来事）が大きくカットされており、このシーンに繋がっています。

悠太は予備校からバイトに向かう途中なわけですが、自転車で向かおうとしている途中、読売先輩が大学の先生と数人の学生と一緒にカフェでパンケーキを食べているところを目撃します。先生は栞が所属しているゼミの先生。休日なのでこの日は大学があるわけではないのですが、先生はおいしいパンケーキをおごることを条件にゼミ生と論戦を交わす……みたいなことをしており、栞がこのあとバイトがあるから移動しやすいようにと渋谷のカフェを選んでいました。

実はこの先生も重要人物なのですが……登場はおあずけ。

大学の先生と議論する栞　『義妹生活3』P114挿絵

・沙季のセリフを思い出しながら、秋服のマネキンを見る悠太
　悠太が「ほんとに、興味ないとそこまで気づかないものなんだ」と言われたときのマネキンを見ています。その前後で思い出していることは、「あなたに何も期待しないから、私にも何も期待しないでほしいの」と沙季が言ったことと、真綾について語るときのセリフです。悠太はここで沙季に対して強く踏み込むかどうかを考えているのですが、それをモノローグをいっさい使わず、沙季に対しての関心を表す「マネキン」、一部のセリフのフラッシュバックだけで表現してみせるのだからすごいことだなと思います。お互いに期待しない＝強く関与しようとするのは約束が違うと思いつつ、それでも真綾のことを語る沙季の姿を思い返すとその真綾から誘われたプールに行かないというのはかなり無理をしているように感じて、彼女をどうにかプールに行くようにさせたい、どうすればいいのか？　といった葛藤を静かに描き出しています。

・沙季、同居生活で初めての寝坊
　沙季が寝坊し、悠太より遅く起きるのは初めてです。沙季はいつも家族のだれよりも早く起きて、完璧に身支度を整えた状態で朝食の準備を始めていました。武装モードを家の中でも崩す気がない、寝起きの油断した姿を誰にも見られまいという行動です。なので悠太は常に、完璧に身支度を終えた後の沙季の姿しか見ていませんでした。

　しかしこの日、沙季は寝坊しました。最低限の身支度こそして出てきていますが、それ

でもいつもの完全無欠な姿とは程遠いです。

悩んで、悩みを打ち消すために勉強して、勉強しても集中しきれず悩んで、そういうのを繰り返していくうちに朝が来てしまって、充分な睡眠を取れていません。

悠太や亜季子さんが心配していた、勉強漬けで息抜きをせず、ストレスを発散できないでいた先の状態がまさにこれですね。まあ今回は勉強だけのストレスでこうなったわけではないのですが、皮肉にも悠太たちが心配している状態に、勉強以外の理由ですぐに至ってしまったという……。まあ勉強が理由だろうがそれ以外のことが理由だろうが、沙季の生き方はいずれこういったバースト状態を招くもの。それが最もマシな形で早めに出たのは、不幸中の幸いですね。

ところでこれはとても大事なことなのですけれど、寝不足で目覚めたときの沙季の手足を伸ばして呼吸するところ。めちゃくちゃ良いですよね。

・おいしそうなハムトーストとホットミルク

世界一おいしそうなハムトーストとホットミルク！　そしてトーストをかじるときの世界一おいしそうな音！　私のアニメの素養が足りないだけかもしれませんが、庶民的な食事風景をここまでおいしそうに、臨場感たっぷりに描いているアニメってかなり珍しいのではないでしょうか。ホットミルクをかき混ぜているところとか、凄すぎてシロバコ（事前に共有される動画データ）見ててちょっと笑みが漏れちゃいました。あと、悠太の所作をじっと見て、真似するようにハムトースト食べてる沙季が可愛すぎる。文章でもイラストでも漫画でもできない、動きだけで可愛いという表現。とても良い。

ところで悠太はハム焼いたり、トースト焼いたりは慣れています。太一と二人で暮らしていたとき、料理はほとんどしてなかったけれど、代わりに簡単なものはたくさんやってきているので。トーストやら何やらをいろんなバリエーションでおいしく食べる工夫はしてきたんじゃないかなと思います。

・沙季の心変わりは突然？
昨夜まで「プールには行かない」と言っていた沙季が、一夜明けて突然「プールに行ってもいいよ」になる。これ、フィクション的にはあまりないことでして。フィクションでは基本的に心変わりにはイベントがつきものです。こういう出来事があったから、こういう考えに変わった。こういうことを言われたから、こうすることにした。みたいな因果関係がわかりやすいことが多いです。しかし原作小説ではそれをあえてやらず、ひと晩悩んで寝て起きて意見を変える、という現実でもよくあるプロセスで沙季が意見を変えるように描いています。

その表現は、アニメのような映像作品で見せ方を間違えると、本当にただ理由もなくいきなり心変わりしたように見えてしまう危険を孕んでいました。

ですがＴＶアニメ『義妹生活』では原作小説よりもかなり丁寧に、わかりやすく、沙季の心変わりに至るまでの流れを描写しています。ホットミルクの表現もそうですし、このあと解説するアニメオリジナル要素「カセットテープの記録」なども使って、繊細に、しっかりと伝えきってくださいました。

・「つい習慣で」「まあ、そういうこともあるよね」久しぶりに笑った沙季
悠太と沙季は互いに思いやったり、気遣ったり、尊重はしていたものの、どこまでも足をそろえて一緒の時間を過ごしていたわけじゃなかった。あくまでも自分の生活ルーチンを維持したまま、ときたま交わる瞬間だけすり合わせを行なってきたわけですが……ここで初めて悠太が自分ひとりのルーチンを維持したままではおかしい、ズレていることを自覚した――という示唆ですね。

もっともこれまではバイト先にも行くときは一緒には行っていませんでした。TVアニメでは特に描写がありませんが、原作小説では明確にそのように描いています。帰り道だけ、亜季子さんからの条件で（夜の渋谷を沙季一人で歩かせたくないという理由で）一緒に帰っていましたが、それだけです。なので悠太もこれまでの習慣どおり自転車で通っていて、帰りは自転車の悠太＋徒歩の沙季という組み合わせになっていました。今回、初めて二人一緒にバイト先に向かうということで、二人で並んで歩くのだから自転車は最初からいらなかったはずですが……習慣で、癖で、つい自転車を押してきてしまったというわけです。

交わった、けど、まだ微妙にズレている。それがちょっとおかしくて、沙季は一気に肩の力が抜けたのだと思います。久しぶりに笑って、「楽しみ」と言いました。悠太は、一歩踏み込んだ結果に沙季からポジティブな反応が来たことで、きっと何かを感じたのではないでしょうか。何を感じたのかは、彼自身、言語化できていないと思いますが。

・カセットテープの記録

原作小説には存在しない、１００％ＴＶアニメオリジナルの要素です。しかしこれもまた、私が小説を執筆する際に見落としていただけで、きっとこの二人の人生の中に存在した物だったのだろうと納得しています。

１話を覚えているでしょうか？　沙季はこの家に引っ越してきたとき、物置きがわりになっていた部屋を片付けて自室に変えました。つまり沙季の部屋のクローゼットやそこにもともと置かれていた段ボールには、浅村（あさむら）家の過去の痕跡が残っていたわけです。幼い頃に悠太がどんなふうにこの家で過ごしていたのか、それを、壁に残されたシールや置かれていた水槽や、カセットテープから感じ取っていました。

今となってはあまりないかもしれませんが、家族の思い出をテープに残す、記念テープというものがあり、沙季が聴いているこれは、そういったたぐいの物なのだと思います。このあたりは原作小説に存在せず、上野（うえの）監督の発案によるものなので、私も確かな答えは持っていませんが。

アニメだと文章表現でやるよりもどうしても文字情報と言いますかモノローグや確固たる言葉としての情報が少なくなってしまうわけですが、こうやって幼い頃の悠太との接点を沙季に作ることで、感情変化や好意を抱いていく過程をわかりやすく表現しているのだなと思うと……職人芸を感じずにいられません。

さて、ここまで丁寧に、丁寧にさまざまな感情を積み上げてきました。

しかし、お気づきでしょうか？　お気づきの方もきっといるかと思います。そう、ここまで、悠太のモノローグがほとんどないのです。

沙季は日記パートで深く内心が語られており、そのおかげで明確な言葉にするわけでないシーンにおいても、声の抑揚や表情の些細な変化でなんとなく心情が察せられるようになっていました。

しかし悠太は、どうか。視点、カメラの位置こそ、基本的に悠太を映し続けていたものの、心の声という表現をほとんど使っておらず、セリフか表情、しぐさだけで表現され続けてきました。彼がいったい何を考えているのか、どう心が動き、どうなっていくのか。それが初めて描かれる瞬間がこの後に来ます。

次は9話。ある意味で、私がいちばん好きなエピソードかもしれません。個人的には非常に恥ずかしい、原作者としてあるまじき感想を抱いてしまったエピソードでもあります。

アニメ 義妹生活
第9話によせて
(三河ごーすと感想)

私が最も心を動かされた、最もお気に入りのエピソードです。ようやくこのエピソードについて語れる時が来て、とてもテンションが上がっています。

又、この9話は私がこうして長文解説・感想を執筆し、SNSに投稿しようと思ったきっかけのエピソードでもあります。

誤解されている方もいるのですが、私が放送当時、毎週この長文解説・感想を書いて投稿していたのは、「制作者として」ではありません。たしかに私は『義妹生活』の原作者ですが、TVアニメは上野監督の作品であり、スタジオディーン様の作品であり、アニメ制作に実作業として携わったすべてのスタッフの皆様の作品です。脚本協力や監修という形で補助こそしていますが、このTVアニメはすべてアニメ関係者の方々の力で作り上げられていて、その評価も功績もすべてはアニメ関係者の方々のものです。

その前提の上で、私はこの9話を観て、制作者としてではなく、一視聴者として、何か猛烈に、不可逆的に、ファンになってしまいまして。一人の上野監督ファン、アニメ制作チームのファンとして、長文オタク語りをしたくなってしまった……という次第です。

まあもちろんそうは言っても原作者の立場でもありますから、完全な視聴者サイドに居座るわけにもいかず……長文解説・感想が、結果的に読者様、視聴者様向けのコンテンツと化してしまったわけですが。

まあ、そんなわけですので、私の解説・感想なんて正解でも何でもなく。「最も裏情報を豊富に持っている人間が書いてるだけの、ただの個人の感想」として読んでいただけると幸いです。

・水槽に触れたり、離れたり

上野監督がこの作品で徹頭徹尾意識して描いているのは「距離感」です。それも、この人物とこの人物はこれぐらいの距離です、といった表現ではなく、遠くからだんだんと近づいていくという表現でもありません。「近づきたくて、近づく」「離れたくて、離れる」「近づきたいけど、離れてしまう」「離れたいけど、近づいてしまう」――といった機微を表現しているのだと思います。

冒頭の沙季（さき）の語りに合わせて水槽の中のメダカに手を近づけたり、離したり、という演出に、沙季の性質がよく表れているのではないでしょうか。沙季のそれは、傷つきたくない、と、傷つけてしまいそうで怖い、という感情がないまぜになったものであり、それをストレートにセリフにしてしまうのではなく、こうしてメダカと水槽を使って画面演出にしているのがすごく良いなと思います。

・日記の声と副音声

「なら無理に参加しなくていいんじゃないかな」（だって、私は遊んじゃいけないんだもの）

「行かないよ」（行けないいよ）

原作小説の日記パートで、ここでの沙季は、悠太に対して実際に言った言葉と本音が副音声のように重なっている感覚になっている——と記述していました。アニメでもしっかりとその状態を表現してもらっていて、なるほど、映像にするとこうなるのか！　と感動している部分のひとつです。

・心象風景の海

浅村家の家族記録を聴きながら、沙季はそこに自分たち綾瀬母子もいる様子を重ね合わせて空想しています。もちろんこれは実際にあったことでも何でもないです。

悠太はテープの中で「次はお母さんも一緒に来れるといいね」といったことを言っていて、この時からすでに浅村家の両親の不仲が始まっていることがうかがえます。沙季は自分の家庭のことも思い出しつつ、もしこのときに綾瀬母子がすでに浅村父子と家族だったなら、もしかしたらお互いに素直に笑い合える兄妹になっていたのかもしれない。互いに癒やし合える関係になれた、あるいは、これからなれるのかもしれない。そういったいろいろな事に思いを馳せていて、それがホットミルクを飲んだときの彼女の心象とリンクしている。……そのような演出なのだと思います。

なんでこの時代にカセットテープ？　という疑問に関しては、太一がレトロ趣味なのでしょう。

・幼少期の沙季と、カバ
亜季子に連れて行ってもらった動物園のカバ。沙季はそれを「かわいい。かっこいい」とうれしそうに眺めていました。個人的にここは沙季の感性がよく表れているなと思っていて、ウサギやネコなどをかわいい、ライオンやトラなどをかっこいい、と評することが多いであろう中、ちょっと抜け感のある、それでいて実はめちゃくちゃ強いカバという存在に直感的にかわいさとかっこよさを感じている……すごく沙季らしいな、と思います。悠太のことを「かっこいい」と評するのも、べつに一般的な感覚がどうかは知らないけれど沙季が主観的にそう思う、というところとも繋がっていて、すごく「らしさ」を感じます。

又、このカバのぬいぐるみ。今でも沙季のベッドの上にいるんですよね。たまに、カバのぬいぐるみを抱いて寝ていたりしているわけで。幼少期に亜季子さんに買ってもらったカバのぬいぐるみを、今でもず――っと大事にしているの、なんと言うか、すごくかわいいと思うんですよ。うん。このあとの展開も相まって、カバのぬいぐるみが画面に映る度に涙腺がゆるんでしまう自分がいます。幼少期の思い出と、このカバのぬいぐるみはズルいですって。ズルい。

・プールでの友達との交流
あっさりめに描かれていますが、悠太のコミュニケーション能力の高さが描かれています。ひとくちにコミュニケーション能力が高いと言っても、彼の場合は、そつなく敵を作らないコミュニケーション能力ですね。自然に溶け込むことができるというか。精神的には得意ではなく、むしろ苦手としているのですが。技能的には得意である、と言った感じです。このあたり女性が苦手なのに読売先輩や初対面の沙季とそつなくコミュニケーションを取れていることにも繋がっていて、浅村悠太という人物が一貫性をもって描かれているなと感じました。

逆に沙季は基本的には真綾以外の人とそれほど上手にコミュニケーションは取れておらず、真綾を通してのコミュニケーションとなっています。

些細なカットの中にそれらがさりげなく描かれていて、あー……生きてるなぁ……と、感じずにいられませんでした。

・悠太の感情、自覚のシーン

実はこのシーン、アニメ化が決まった際に私が最も心配していたシーンでした。

「え？　ここ、どう描くんだろう？」と。悠太が好意を自覚するという大切なシーンであるものの、原作小説では通常のやり方ではあまりやらないやり方を採用しており、これが映像演出と非常に相性が悪いものだと考えていました。通常、キャラクターが恋愛感情を自覚するとか、何らかの心変わりを起こす場合、何らかのアクションやイベントを経て、読者にも絵的に理解しやすい演出とともに行ないます。しかしここでの悠太の好意の自覚は、ほとんど彼のモノローグの中で完結しており、そして、ふっと急に浮かび上がったような自覚の仕方をする……という流れにあえてしています。実在感を意識するにあたって、私の中で、そのように描きたい、そのように描いた方がいい、という確信があったためです。

ですがモノローグを抜きにして起きている出来事をそのまま映像にしたら、ただただ沙季の水着姿に見惚（みと）れて、好きになってしまったようにも見えてしまう。それぐらい、感情の変化のトリガーが絵的にわかりにくいということは不利なことだという自覚がありました。

でもこの長文解説・感想を読んでいる方は、もうわかっていますよね？　完成した映像は、そのような誤解が生じる余地のいっさいない、完璧なものであったはずです。悠太が沙季のどこに惹（ひ）かれているのか、沙季がどうなったから好意を自覚するに至ったのか、とても丁寧に、それでいて説明ではなく映像演出で、しっかり理解できるようになっていました。

ここでも悠太と沙季の幼少期の姿をアニメオリジナルで描き続けてきたことが生きてきます。

原作小説で、悠太は沙季への好意を自覚する直前、このようなことを考えています。

そう返すと、綾瀬（あやせ）さんは小さく笑みを浮かべた。

家で見せるドライな表情でも親父に対しての慇懃な笑顔でもなく、そう、たとえるなら写真の中の幼い頃の綾瀬さんに似た、あどけない笑顔。
ああ、無理して踏み込んでよかったなぁと、しみじみと思う。
※引用：『義妹生活』3巻　203ページ

つまり彼は、クールでドライに見える綾瀬沙季の中に残る、あどけなさの片鱗――彼女の最も奥深くに眠っていたものに触れて、好意を自覚するに至ったわけです。それは彼自身の中に共鳴するものがあったからであり、彼の中で欠けていたものであったからでもあり……綾瀬沙季という人物の魅力の本質に触れたからです。

ここまで描いてきた綾瀬沙季という存在の積み上げと、そしてプールでの沙季の表情、のびのびとしたしぐさ、風、音、劇伴……何もかもが綺麗に絡み合って、最高の瞬間が演出されました。

これ、視聴者の方も悠太と同じような感覚で、これまでの沙季の様子と、幼い頃の沙季の姿と、いろいろなものがよぎって、沙季への感情が昂って、心をつかまれてしまったのではないでしょうか。

ええと、ここからは大変お恥ずかしい話なのですが……私は自分の書いているヒロインを本当の意味で好きになったことはありませんでした。もちろんこの子の魅力はこうだ、とか、この子は可愛いなぁとか、そういった感性は持ち合わせているものの、心の底からハマってしまう、みたいな感覚にはなれませんでした。というか、プロの作家になってから、心の底から惚れこんだキャラクターは自分の作品に限らずほぼいないと言っても過言ではありません。

でもこのシーンを見たとき、私の心は完全に思春期に戻りました。不覚にも、一瞬、沙季に対してガチ恋のような感情を覚えかけて、ハッと我に返りました。いやいや何言ってるんだ、自分の作品のキャラだぞ。こんな一オタクみたいなハマり方するな。どんだけ自分の作品好きなんだよ、適切な距離を保てよ……と。でもまあそこでもう一度ハッとしまして。

「よく考えたらTVアニメは上野監督やスタッフの皆さんの作品だな。じゃあ、ドハマリしてもいっか！」

と気づき、無事、こうして限界オタク怪文書製造マンと化しました（情緒のぶっ壊れ第1弾）。

・悠太のモノローグ

ここまで悠太のモノローグはかなり少なく、最低限のものしかありませんでした。

原作小説では浅村悠太視点の私小説の側面を持っている性質上、当然のことながら基本的に地の文で悠太の思考が描かれることになります。しかしここまであまりモノローグを使わずにきたのは、たぶんですが、上野監督がラジオやインタビューで仰っていた、悠太と沙季の間に無遠慮にカメラとして入っていくのがはばかられた——という感性によるものなんだろうなと思っています。結果的に、とっておきの、どうしてもここだけはモノローグで描かなければいけないというピンポイントな場所でモノローグが使われることになり、悠太のモノローグがとんでもない破壊力を発揮したのでしょう。

・帰り道の会話、ぎこちない悠太

プールからの帰り道、セリフにこそなっていませんが、悠太は真綾とＬＩＮＥのＩＤを交換しています。これを見て沙季は、「真綾とも仲良くなったね」と悠太に対して言います。悠太が真綾を褒めると、沙季は素直に（あるいはフラットに）「ありがとう」と返してきます。真綾は友達だから、友達を褒められると私もうれしい、と。この一連のやり取り、とても面白くてですね……天崎滉平さんの絶妙な演技が光る場所でもありまして。悠太はこれまで真綾と仲良くしていても、読売先輩と仲良くしていても、特に沙季に対して後ろめたい様子はいっさい見せてきていないんですね。フラットな感覚で接してきたので、あたりまえではあるのですが。悠太は何も思っていないのに、沙季が勝手に嫉妬を覚えている……というのがこれまでの描かれ方。ですが、好意を自覚してからの悠太は、「真綾とも仲良くなったね」と沙季に思われることに後ろめたさというか、誤解されたくないという思いがちょっと滲んでいたり、会話の細かいところにぎこちなさが表れていました。

沙季への好意を自覚する悠太　『義妹生活3』P205挿絵

些細なことですが、個人的に好きな場面です。

・アニメオリジナルの花火
原作者が書き忘れていた花火!! 長い言葉は不要。良かった。めっちゃ良かった。

花火の光で照らされる悠太と沙季の顔。そこで高まっていく感情。音も素晴らしかった。

あらゆる手段で高めて、高めて、からの――「兄さん」。

うわあああああああ、ってなりました（情緒のぶっ壊れ第2弾）。

・沙季からの、「兄さん」
なぜ沙季がここで「今、言わなければと思った」となったのか。アニメではハッキリとは言及していませんが（読み取ろうと思えば感情は読み取れますので、描かれてはいます）、沙季は、悠太の中に芽生えた好意の自覚を、敏感に察しています。理屈ではなく、感覚で、べつに確信があったわけではなくもしかしたら自分の都合のいい妄想かもしれないと疑いつつも、悠太の自分に対しての視線や感情が変わったように感じています。そしてそれは沙季自身の感情の高まりも合わさって、このまま良い雰囲気で会話を続けたら、お互いに恋愛関係を望むような言葉を発してしまうのではないか、告白してしまうのではないか、と怖くなってきました。

そのため、ここで一線を引かなければならないと感じ……「今、言わなければと思っ

沙季が悠太を「兄さん」と呼ぶ　『義妹生活3』カバーイラスト

た」に繋(つな)がるわけですね。

彼女のこの感情の流れ、不思議に思われるでしょうか？　不思議に思う人もいるかもしれません。

ここまで嫉妬心を抱くほど強く悠太(ゆうた)に惹(ひ)かれていて、彼の好意を欲しいと思っていたであろう沙季(さき)。両想(りょうおも)いなのではないかと感じたのであれば告白し、付き合えばいいじゃないかと思われるでしょうか。

でもそういうわけにはいかないのです。これは沙季の恋愛観、悠太の恋愛観が関係してくるのですが……詳細は以下の「悠太と沙季にとっての『恋愛感情』とは？」であらためて語ります。

・「どんな顔して家に帰ればいいんだよ……」の天崎(あまさき)さんの神演技

ここ、ヤバかった。ホント、「つら……」ってなりました。

というか9話の一連の悠太の感情、天崎さんの演技、すべて感服でした……。

・悠太と沙季にとっての「恋愛感情」とは？

これ原作小説でもたまに伝わりきってないことがあるなと感じていて、自らの力量不足を嘆くばかりなのですが……悠太と沙季が恋愛感情に蓋をしてしまう理由を、「義理とはいえ兄妹(きょうだい)だから」という倫理上の問題だけだと読み取っている方もいるようで。ここでもうちょっと突っ込んで解説してみます。

兄妹だから駄目なんだ、というのは、あくまでも一要素でしかなく、二人の恋愛を邪魔しているのは、悠太と沙季、二人の「恋愛観」です。兄妹での恋愛が禁忌だから駄目、ということだけが問題なのであれば、「義理なんだからべつに問題ない」とか「この両親なら認めてくれるし、付き合える」という簡単な解決の道筋でどうにかなるのでしょう。

ですが、違うのです。

今のこの二人にとって、恋愛関係とは、「いつか絶対に壊れる関係」なんです。両親の不仲の影響で悠太も沙季も異性に対して期待しない人生を送ってきていて、恋愛というものを冷めた目で見てきました。しかも恋愛関係が壊れる時というのは、修復不能な壊れ方をするものだと感じていて、そうなれば永遠に家族として元に戻れないと恐れています。

太一（たいち）と亜季子（あきこ）は、ようやく幸せな時間を過ごせそうで、子どもたちとも家族として幸せになりたいと考えているだろう……と、悠太も沙季も考えています。ですが悠太と沙季が仮に恋愛をし、破局した場合、きっと幸せな空間は保てない。それを二人は恐れているのです。

さて、ではここで3話の沙季の行動を思い出してください。悠太に対して性的な接触を試みてきた沙季ですが……あのとき、沙季はべつに悠太に対して恋愛感情を抱いていません。好きだからやったわけじゃない。その逆で、感情とは切り離した機能的な関係の構築をしてしまおうとした、とも言えます。機能的な関係性は、致命的な亀裂を生みにくいです。深く結びついて、いずれ致命的な亀裂を生じさせるのが恋愛関係だとすれば、機能的な関係は、浅く結びついて、小さな亀裂を残しながらも両者都合がいい状態（ギブ&テイク、あるいはWin-Win）であれば維持し続けられるものです。だからあの行為は沙季（さき）にとってギリギリ試みられるリスク行為だったし、悠太（ゆうた）にとっては「それも嫌」というラインの行為だったわけですね。

・亜季子（あきこ）さんの「悠太くんがお兄ちゃんで本当によかった」

ここのセリフについては、収録時のエピソードが印象に残っています。上野（うえの）監督、小沼（こぬま）音響監督と、どんな塩梅（あんばい）のセリフにすべきかを話し合った記憶があります。すごく難しいのが、悠太にとってはまるで「沙季は妹だから、恋愛対象にすべき相手じゃないからね？」と釘（くぎ）を刺されたように感じるセリフである必要があるけれど、亜季子さん本人にはべつにそのつもりはない、ということでして。結果的に上田麗奈（うえだれいな）さんが素晴らしい演技で表現してくださいました。

・髪を切った沙季

アニメのオリジナル演出によって、髪を切るという沙季の行動に何重もの意味が付与されました。スマホでビーフシチューを食べる幼少期沙季の写真を見せられるのはアニオリです。しかしあのシーンのおかげで、沙季の子どもらしい姿＝妹らしい姿が写真として見せられて、その髪型が髪を切った現在の沙季の姿と似たシルエットになっている……そのため、悠太は強く「妹」を意識することになるということなのかなと思いました。

スマホの中の幼少期の沙季との重ね合わせ、「妹なのだぞ。兄妹なのだぞ」というのを視聴者にも一目でわかるように強調している。アニメならではの強烈な表現だったと思います。

ところで説明するまでもないと思いますが、沙季は冒頭で読売先輩のような「長い髪」が悠太は好きなんじゃないかと予想していて、それが今回の「髪を切る」という行為に繋がっています。髪を切ることが悠太に好かれようとする意識、未練のようなものを断ち切ることになると沙季は考えています。さて、ここで2話ぐらいまでの沙季を思い出していただきたいのですが。彼女は、悠太が女性用の下着をつけている可能性に思い至らないようでは駄目だと自分を律するくらいに、男性らしさ、女性らしさみたいな決めつけとかジェンダーロールのようなものを否定してきました。……が、ここでも自分の感情の矛盾、皮肉のようなものを感じています。髪の長さなんていう表面的なもので男らしさや女らしさが定義されるわけがないはずなのに、自分自身の意識がそれに振り回されている。この、理性ではこう思っていても、こうなってしまう……という、人間らしい揺らぎのようなものがここでも表れています。

・「ただいま、兄さん」

家族の前でハッキリと悠太(ゆうた)を「兄さん」と呼びました。明確に一線が引かれた瞬間です。
とはいえ、関係が後ろに戻ったわけではありません。

確かに本当の感情を我慢し、封印しているというのは、これまでの沙季(さき)もやっていることです。が、この「我慢・封印」はこれまでのものとは明確に違います。悠太に頼ろうとせず、距離も近づけず、という「我慢・封印」ではなく、悠太に頼る、妹としての距離感で接することにした上での「我慢・封印」です。そういうたぐいの変化であることは、沙季の「ただいま、兄さん」というセリフでも明らかですし、それを言ったときの中島由貴(なかしまゆき)さんのお芝居からも見えてきます。これまでの沙季に比べて明確に明るく、家族としての信頼を含んだ、あるいは家族として距離を近づけたことを強調するかのような、そんな声になっていたと思います。

ここに至るまでの日記パートで描かれていた心象風景などを見ていけば沙季の心情がどのように変化したのか、何を受け入れて、何を捨てて、どうなったのかがわかるようになっているのではないかと思います。これをあんまり解説するのも野暮(やぼ)かと思うので、これ以上は言いませんが。

・『義妹生活』

というわけで、お待たせしました。『義妹生活』です。このタイトルは、悠太の目から見た「義妹と過ごす生活」と沙季の目から見た「義妹として過ごす生活」のダブルミーニ

髪を切った沙季　『義妹生活3』P229挿絵

ングであることを、ここでハッキリさせました。

とはいえ当然、ここで終わりなわけではなく。むしろここから、義妹との生活、義妹としての生活を経て、二人がどんなふうにすり合わせながら関係を前に進めていくのか。どんどん楽しんでいけるようになっています。


ところでこの「この義妹生活に、もう日記はいらない」の部分ですが、中島由貴さんのお芝居といい、作画といい、ちょっと清々しさというか明るさというか、そういうものを含んでいる、悲しくなりすぎていない仕上がりになっていると思いませんか。原作者の私としてはちょっと驚いたところでして。もともと原作小説では沙季の頭の中の日記の文章であったこともあり、もうすこし淡々としたトーンだったり、決意に満ちた言葉、寂しさだったりを滲ませる文章として意識していました。

ですが上野監督のフィルターを通して見たこの言葉は、ちょっと違った色合いでした。

正直、収録の段階では、「ここのお芝居は悲しくなりすぎないように、もうすこし明るめに」という方向性のディレクションを１００％理解できてはいませんでした。なので一度は「そこ、そういう方向性で行くんですね？」と確認したように記憶しています。ただ、私はアニメはアニメ監督が最終的な作品の責任を持つ船長であり、監督およびチームの作品であると認識しているので、その監督が確信を持ってそうだと言う方向性であればＮＧとは言いません。ですので、信じて様子を見ていたわけですが……映像が完成し、あー本当にお任せしてよかったなと、ホッと胸を撫でおろしました。

これはもう絶対的にこの仕上がりが良いと確信して……えっ、最初からこの完成図を想像できてたの？ 凄い……と、感動しきりでした。

・日記を封印することの意味
実は先日、原作小説ではなく、YouTube版で、「義妹が日記を書き始めた理由」という動画を投稿しました。

こちら小説版とYouTube版は微妙に異なるとはいえ、私が小説版に準拠して書き下ろした脚本の回は基本的に同じ出来事が小説版でも起こっていると考えていいです。で、ここでは日記を書き始めた理由のひとつとして、「新しい家族がひどい人間だった場合に備えた証拠機能としての日記」という性質があったと明かしています。

日記のルーツを思うと、「日記を捨てる、封印する」という沙季の行動は、万が一にでも日記が悠太や家族に読まれてしまうリスクを避けるためであると同時に、新しい家族＝悠太や太一への信用が完成されたことの証でもあるわけですね。

恋愛感情の封印と家族としての信用完了が同時に来ているというのを表していて、義妹としての立場をしっかり受け入れることはけっして不幸なだけじゃない。家族が完成されたんだという明るい気持ちもあるし、恋愛感情を封印するんだという暗い気持ちもある。2つある幸せのうちのひとつを選んだのだという感覚。そう考えると、このシーンはやっぱり明るさも含んだ表現になるのが正しかったんだなぁ……と、原作者なのにTVアニメから逆に気づかされてしまいました。

アニメ 義妹生活
第10話によせて
（三河ごーすと感想）

・沙季と亜季子さんの会話

亜季子さんは人と顔を合わせてコミュニケーションする仕事を長年やっていることもあり、対面での会話を得意としています。又、ＳＮＳ世代でないこともあって、文字でのコミュニケーションでは何かを取りこぼしてしまいそうな気がして、大切な話はなるべく面と向かってしたいと考えています。

これは、「自分の伝えたいことが伝わらない」という意味だけでなく「相手の考えていることが伝わらない」という意味も含みます。

「太一が忙しいので自分が悠太と沙季両方の三者面談に行こうと思っている」「学校では二人はどんなふうに接しているの？」という投げかけに対しての反応を正しく見るには、亜季子さんにとっては、文字では足りなかった。沙季の声のトーンや表情などを見聞きして、その上で、さてどうしようかと考えたかったのでしょう。

「うーん……」と考える亜季子さん、視線の動き方や声の演技も合わさって、感情が表現されていてすごいなと思いました。

ところでこの部分、沙季と亜季子さんの母娘らしさと、亜季子さんの経験豊富さが対比できていて、自分としては好きなやり取りだったりします。ここは原作小説では沙季視点で描かれるシーンでして、沙季は「学校では悠太くんとどう？」と訊かれたとき内心ドキッとしたものの「表情には出てないはず。私はポーカーフェイス得意だから大丈夫」と考えています。ですがその後、悠太が帰宅した際に、亜季子さんがそれまで寂しそうに「母親として認められてない気がして」と語っていた様子をまるで感じさせない、本物のポーカーフェイスで「悠太と沙季、別の日に三者面談を設定すればいい」と提案してみせていまして。沙季は母親の本物のポーカーフェイスに圧倒されているのです。

又、TVアニメになって、個人的にちょっと面白いなと思ったところが、この直後の……沙季が、出かける亜季子さんに続いてバイトに行くシーンでして。

以下、原作小説の該当部分を引用します。

なんでお母さんは最初に私に言ったように同じ日にしたいって言わなかったんだろう。

混乱していた。

いま、ここにいたらだめだ。混乱したまま、浅村くんを頼ってしまう。ポーカーフェイスが保てなくなりそうだった。

私はとっさに自分のスポーツバッグを掴む。

「あれ？　綾瀬さんも？」

振り返って私を見た浅村くんが言った。

「そろそろ、バイトの時間だから」

「そうか。……行ってらっしゃい」

「ん。行ってきます、兄さん」

私の受け答えはもう自動的だ。習慣のように呼び続けてきたおかげで、意識しないでもするりと言葉が喉を通り抜けてくれる。
※引用：『義妹生活』 4巻 50～51ページ

沙季(さき)の視点、沙季の自己認識では「自動的に返事をしている」になっているのですが、TVアニメでは明らかに「行ってきます、兄さん」までに不自然な間が空いています。沙季の自己認識と客観的に見たときのアウトプットにズレがあるというのが、すごく面白く、魅力的だなと感じました。

・夜間の仕事の大変さ
悠太(ゆうた)と沙季は亜季子(あきこ)さんが2日にわたって学校に来るのは大変なんじゃないかと心配しています。これは夜勤の仕事をしている家族がいたり、自分自身が夜勤の仕事をしていたりしないとピンとこないかもしれませんが……経験のある方は、なんとなくわかってくれるんじゃないでしょうか。

生活リズムが一定なら問題ないことも多いのですが、生活リズムが狂ったり、朝の出勤と夜の出勤が交互に来たりすると、一気に体調を崩したりしてしまいます。

そういった、生活習慣を不安定にすることによる体調への悪影響を悠太と沙季は心配しています。特に沙季は、実際にそういう働き方をして体を壊した姿も見たことがあり、心配していた……ということです。

・悠太の料理スキル向上
同居生活が始まってからしばらく経ち、悠太の料理スキルも向上しています。

ここ最近はバイトのシフトがかぶっていないため、悠太がバイトの日は沙季が夕飯の支度を、沙季がバイトの日は悠太が夕飯の支度をしています。

作り置いておいて、一緒に夕飯を食べない日も多かったのですが、この日はお互いに話がしたかったのもあって、久しぶりに一緒に食べようという流れになりました。

・見方によっては理想的な関係
義妹として一線を引いた沙季ですが、それは関係の断絶を意味しません。恋仲になるわけにいかないから距離を置くというわけではなく、あくまでも家族として、兄妹として仲良くなることこそが求められている。そういうふうに律しながら二人で洗い物をする姿は、悲しくもあり、それもまたひとつの幸せのようでもあり……なんとも言葉にしがたい感覚にさせられます。悠太が「これで満足するべきなんだ」と言っているように、見方によっ

理想的な“兄妹”関係　『義妹生活4』P34挿絵

てはこれこそが最も理想的な関係とも呼べるのではないか？　と思ってしまいます。

・真綾（まあや）グループの勉強会

彼らの通う水星（すいせい）高校はかなりの進学校で、比較的チャラい側のグループでも普通に勉強してます。ですので、勉強会が提案されたところでべつに冷めた空気にもなりません。どうせやること、を、ちょっとサボりながら皆でやるだけ、です。

ところで。

この人数のクラスメイトを「おいでにゃ～」とあっさり誘った奈良坂（ならさか）真綾なわけですが。

真綾の家は、実はめちゃくちゃ金持ちです。その収入は両親が両方とも多忙を極める仕事をしているからこそのものなので、たくさんいる弟たちの面倒を見るのは真綾の役目で、そのおかげで彼女は箱入りお嬢様という感じではなくちょっと苦労人っぽい気質も持ち合わせることになりました。ただまあ、本当に家は広い。かなり広い。すんんんごく良いマンションに住んでます。

・藤波（ふじなみ）サマーセール

サマー（夏）にセール（帆）で藤波夏帆（かほ）です。

さて、唐突に登場したこの妙な雰囲気をまとう女の子。一見すると地味な印象、おとなしそうに見える子なのですが、ほぼ初対面の人間に対して妙なユーモアをまじえてきたり、よ――く見ると耳にピアス穴が残っていたり、一筋縄ではいかない印象があります。

TVアニメでは大きくカットされているのですが、原作小説では、悠太は丸のアドバイスもあり、沙季への想いを拭い去るために交友関係を拡げるよう意識し始めています。読売先輩ファンには本当に申し訳ないことに、読売先輩とのシミュレーションゴルフデートというイベントも省略となりました（でもきっと、描かれてないだけで、アニメでも行ってるはずです）。

悠太はこれまで読売先輩を恋愛対象という目で見ていませんでしたが、沙季への感情に折り合いをつける意味もあって、あえてそういう視点で、そういう可能性も踏まえていろいろな人と接してみようとし始めました。間違いなく話していて楽しいし、良い人だなと思うし、こういう人は好きだなぁと感じる。……にもかかわらず、やはり沙季に対して抱いた感情とは何かが違う。沙季とはあらゆる部分で正反対な読売先輩に対しては、そういう感覚になったわけですが……ここで、表面上のテンション感が綾瀬沙季と似ている（原作小説でも明確にはそうと書いていませんが）女子と出会うことになりました。

彼女についてはまた後の回で深く掘り下げて語りますので、今回はここまでとしておきます。

・10話全体を通して描かれた『義妹生活』の形

悠太と亜季子さん、沙季と太一も含めた家族四人の形が描かれていました。

（右）：藤波夏帆との出会い　『義妹生活4』P103挿絵
（左）：シミュレーションゴルフ場にて読売先輩と　『義妹生活4』P99挿絵

しっかりと四人の家族になっていけてる……その幸福感と、恋愛感情に蓋をしている閉塞感――それらが表裏一体で存在している様子が、過剰な意図を装飾せずに、ありのままに描かれているように感じました。

彼らの生活の様子から幸福を感じるのか、閉塞を感じるのか、それは観ている我々の価値観で左右されます。どんなフィルターを通して物事を見ているのか、それによって解釈が変わってくる。現実のひとびとが、同じ出来事を前にしてどのように感じるのかそれぞれ異なるように。

一方向の解釈を付与し、視聴者の印象をコントロールすることもエンタメにおいてはとても重要なことですし、そういったクリエイティブも素晴らしいと思いつつ。『義妹生活』においてはそれが正解じゃないから（魅力の本質がそこじゃないから）、このような描き方をしてくれているのだと思います。

アニメ 義妹生活
第11話によせて
（三河ごーすと感想）

・お節介な真綾(まあや)

真綾は沙季(さき)と悠太(ゆうた)のことをかなり気にかけています。沙季が孤立している頃から沙季のことが好きで、最近沙季が周囲に馴染(なじ)んでいっていることをとても喜んでいます。この変化が悠太によるものであることもなんとなく察しています。

原作小説ではストレートに「二人ともお互いに好き同士に見えるんだけどなー」と言っていて、核心を突いています。しかし一方で悠太と沙季の関係がプール以降、すこしも変化していない（あるいはむしろ距離が空いている）雰囲気も感じています。

頼られることの多いリーダー気質の彼女は、ある男子生徒から沙季に対する恋愛相談を受けています。フェアな彼女は、その相談を無下にしたいとも思っておらず、可能性があるなら応援したいと思っています。もちろん悠太と沙季が両想(りょうおも)いであれば無理にその男子生徒を推すような真似(まね)はしませんし、彼の想いを諦めさせてあげるのも優しさです。ただ、彼女は直感で悠太と沙季は両想いだと感じているものの、二人からは否定されているので確証がありません。すべてが自分の思い違いで、二人がただの兄妹(きょうだい)だと言うのなら、そちらの男子生徒を応援してあげてもいいと考えています。ですが最後まで、「ほんとかなぁ」としっくりきておらず、モヤモヤうーんうーん唸(うな)っているわけですね。

判断基準は明確で、「沙季にとって良いかどうか」です。なので沙季本人の想いが一番大事ですし、その人と付き合うことで沙季が幸せになれそうなら良しという考え。そういう意味では、彼女に相談を持ち掛けてきた男子生徒は「沙季が悠太のことを好きというわ

沙季への好意を悠太に問う真綾　『義妹生活4』P121挿絵

けではないなら普通にオススメできる、良い相手」と真綾に評価されているとも言えます。絶対にくっつけたくない、と思えば、相談に乗るかどうかを迷う必要すらないので。

その男子生徒が誰なのかはすでにここまでの話でヒントが出ているので、視聴者の皆様もわかっていることと思います。

「なら別の子応援してもいい？」の絶妙なイントネーションは、鈴木愛唯さんの演技が光る部分です。あえて明確な意思が悟れないような、ふっとつぶやいただけの言葉。問いかけのようでいて問いかけでもない感じ。ふだん華やかできゃぴきゃぴしてる真綾が見せるアンニュイな雰囲気に思わずドキリとしてしまいますね。

・悠太と亜季子さんの会話、亜季子さんと沙季の違い
学校で合流し、廊下を歩きながらの悠太と亜季子さんの会話。ユーモラスな会話の中で、悠太はさまざまなことを考えています。

「下心の有無を正確に読み切れるものですか？」

「もちろん」

「言い切りますね」

原作小説ではこのやり取りのときに悠太は、沙季とは全然違うな、と感じています。どう考えても証明不可能なこと、実現不可能なことを簡単にできると言い切る。いいかげんな言動なのに、無責任さをまるで感じさせない、むしろ亜季子さんなら本当にできる

んじゃないかとさえ思えてしまう。できない約束はしない、誠実であろうとする綾瀬沙季とは真逆のスタンスなんだと悠太は驚きました。

原作小説にもない、綾瀬亜季子という人間についての掘り下げた解説をします。

彼女は、言葉——もっと言うと、単語や文章そのものだけでコミュニケーションをしないタイプの人間です。

どういうことか。コミュニケーションとは情報伝達、感情伝達を目的として行なうものだと思うのですが、実は言葉だけでこの伝達を正確に行なうのは難しいです。あたりまえと言えばあたりまえの話なんですけどね。

たとえば「絶対に許さねえぞ！」という言葉があったとして、本気で憎い相手にぶつける憎悪の言葉なのか、仲のいい相手とじゃれあっているときの言葉なのか、文字だけでは確定ができません。

「あなたのこと、大好きです♪」みたいな言葉もそうですね。本気で好きなのか、からかっているだけなのか、馬鹿にしているのか、文字だけでは確定できません。

表情、しぐさ、声、イントネーション——全体的な雰囲気と合わせて、情報を受け取ります。

人を不快にさせるようなことは言っていないはずなのに、なぜか嫌がられてしまう、という時は、この総合的な雰囲気で、自分の意図と異なる伝達の仕方をしている可能性があるわけで。これはコミュニケーションの難しさでもありますね。

会話の内容とか言葉そのものではなく、綾瀬亜季子という人間は、彼女が醸す雰囲気全体で会話をしています。それでいて、彼女は家と外で態度を変えていません。これが彼女の自然体であり、この自然体が、悠太を安堵させました。

原作小説では、悠太はここで実母と亜季子さんを比較しています。実母は家での態度と、外での態度を極端に変えるタイプの人間でした。外面、体面を非常に重視する人間でした。悠太はその変化に気持ち悪さを感じていたりもしました。もちろん実母はただ悪なわけではなく、彼女のそれもコミュニケーションの在り方のひとつであり、家庭内で辛辣な態度が増えていたのにも、そこに至るまでの流れがあります。ですが当時まだ子どもだった悠太、そしてまだ成熟しきっているわけではない現在の悠太からすれば、亜季子さんの方に安心感を覚えるのも致し方ないことなのかと思います。

・無神経な先生
再婚の事情も知っているだろうに、どうしてこの先生は「これまでのお母さんの教育」だなんて、迂闊な発言をしてしまったのか。まあ、これはテンプレ文をそのままさらっと言っちゃった感じで、特に何も考えていなかった、というのが答えですね。原作小説だと、言いかけて「あっ」と気づいていましたが、アニメでは先生の印象をそこまでフォローしてあげる必要もなかろうということで言い切っちゃったのかなと思います（笑）。

でも逆にアニメではアニメならではの伏線がありまして。夏休み入りのＨＲを覚えていますでしょうか？　すんごい適当じゃありませんでした？「えー、あー、解散！」みたいな感じで、いい加減に切り上げていたのです。

担任教師のいい加減さがすでに表現されており、そのおかげで、ここで迂闊な一言を漏らしちゃうことにも納得感があるなぁと思いました。

・工藤英葉准教授
初登場、工藤准教授です。

彼女は読売栞の所属するゼミの先生で、倫理学を特に専門としています。

倫理学は哲学の一分野で、学部の立て方は大学によって異なる場合もあると思いますが、文学部に含むこともあるようです。読売先輩は文学部でしょうし（さりげなく初出し情報）、その流れで哲学に興味を持ち、工藤先生に出会ったのかなと思います。

11巻で明らかになりますが、工藤准教授はずーっと哲学や倫理学をやっていたわけではありません。月ノ宮女子の出身でもありません。別の大学で社会学を専攻していましたが、興味が移って月ノ宮女子の哲学・倫理学に行きました。

「人間って、おもしろいな」が彼女の根幹にある感覚ですね。

ところで小沼音響監督が藤波夏帆のことを「天使」と表現しながら声優さんにディレクションしたらしいのですが、意図的なのか偶然なのか、工藤英葉を私は「悪魔」と位置づけて登場させています。もちろん「悪魔」だからといって、悪い奴、という意味ではありません。悪魔はいたずらに、利己的に、人間の心をゆさぶり、ひっかき回す。でも人間の望みを叶える存在でもあるわけです。彼女はべつに親切で沙季の相談に乗っているのではなく、「特殊なケース」であり「観測していておもしろい」から接触してきました。彼女にどんな言葉を与えたら、どういう行動を起こすのか。それを楽しんでいます。でも、それくらいいい加減な人じゃないと沙季の背中を押せなかったとも思うんです。真綾でもそれは無理だった。沙季は繊細で、すぐ壊れてしまいそうで、何でも真面目に捉えてしまう。沙季のことを思いやればこそ、無理に沙季の背中を押そうとは思いにくい。沙季に対しての思いやりなんてなく、利己的な興味関心だけで答えを授けて背中を押してくれる存在だからこそ沙季に天啓を与えられたのです。

悠太のもとに天使、沙季のもとに悪魔が働きかけている構図、ちょっとおもしろいですね。

ところでこのハリネズミのパペットはアニメオリジナルの存在です。

中がやわらかくて、外はトゲトゲ。めちゃくちゃわかりやすいですが、もちろん沙季の比喩ですね。なんでこんなものが研究室にあるのかはともかくとして（笑）。

ハリネズミの効果はもうひとつありまして、実はTVアニメでの沙季と工藤准教授とのやり取りはかなりシンプルにまとめられています。原作小説では、工藤准教授のズレた感性やまぜっかえすような意地の悪い会話が結構な長尺で存在し、その会話の流れで、沙季がたびたびムッとしていて、その末に「私、あなたのことあまり好きじゃありません」に

工藤英葉准教授　『義妹生活4』P144挿絵

繋がります。が、TVアニメではさすがにそこまで長尺の会話はやれない。そんな中、ハリネズミの声真似（？）をしながら会話を始めるという、おちょくった導入にすることで、短い時間で沙季がムッとするだけの根拠を示すことに成功しています。

些細な部分ではありますが、こういう工夫もまたTVアニメ『義妹生活』の職人技だなと思います。

尚、登場時に白衣っぽいものを着ていますが、文系の先生なので本来不要な白衣です。なぜ白衣を着ているのかは原作小説には記述しています。工藤准教授はさっきまで、そのへんの野外で寝っ転がって思考（なのかお昼寝なのかよくわからない何か）をしていました。その際にゼミの学生たちから「スーツに葉っぱつけて体験講義をやる気ですか」と怒られ、葉っぱよけにとどこかにあった白衣を羽織らされたのです。TVアニメでも、よく見ると白衣の背中に葉っぱがついているのがわかると思います（笑）。

・工藤先生による綾瀬沙季プロファイリング

工藤准教授の口でつぎつぎと解き明かされていく綾瀬沙季という人物像。これは1話からいままでを通して丁寧に描写されてきた綾瀬沙季の答え合わせでもあります。

三者面談でも担任教師に「最初の頃はよくない噂を聞いていたので心配していた」と言われたばかりですが、沙季は当初、渋谷で遊びまわっていて、よくない行為をしている不良生徒なのではないかと周囲に疑われていました。この噂に対して沙季は否定してこなかったわけですが、それは単に「いちいち否定するの面倒だし、言いたいやつには勝手に言わせておけばいい」のスタンスだったからで、けっしてそう思われたくてやってきたわけではありません。外見の魅力も、内面の魅力も、極限まで高めたい。自分が自分で納得できる状態に自分を保ちたい。それが綾瀬沙季の武装でした。

しかしそういうタイプの人間を、工藤先生は長い人生のなかで何度も見ており、その本質が「愛情や承認に飢えている人間」だと見抜き、実は簡単になついてしまうのだとからかうように指摘します。コミカライズ版ではここの「なつき沙季ちゃん」が可愛すぎるので、見たことのない視聴者の皆様は是非コミカライズ版も読んでみてください。飛びますよ。

TVアニメでのこのあたりの沙季と工藤先生の会話は、悪魔にひっかき回される沙季のおもしろいところが詰まっています。会話の最初のうちは悠太を「兄です」と言い、恋愛感情を否定していたのに、工藤先生から「勘違いだな」と断言されたら、「そんな」と反論しようとする。恋愛感情を認めないようにしながらも、いざ他人に「違うよ」と言われたら受け入れたくない。相反する感情に引っ張られてる沙季がよく表現されているように思いました。

・藤波夏帆のこと

TVアニメではさらっと語られるだけだった藤波夏帆について原作小説の記述や裏設定

もまじえて紹介していきます。

彼女は昼のあいだ一般的なパート・アルバイトの仕事に従事しています。夕方から夜にかけて定時制高校に通い、夜遅い時間帯に夕飯を食べたあとに街をぶらりとしています。原作小説ではシミュレーションゴルフで練習している姿が描かれるのですが、これは彼女の「現在の家族」の趣味に付き合うための練習であり、深夜帯に活動しているのはそこしか自由な時間がないからであって不良行為をしたいわけではありません。ただ彼女自身、胸を張って清廉潔白だとは言えない事情もあります。それは彼女の過去に由来するのですが、そのあたりは「現在の家族」についてと合わせて、12話の解説で掘り下げて語ろうと思います。

ナンパへの対応に慣れていて、人生経験豊富に見える彼女ですが、年相応の恥じらいを感じさせる一面も。悠太と昼食を食べる際、おにぎりを取ろうとしてやめてフルーツサンドにした理由。その理由を語り、「で、諦めた」と早口で締める感じ、その後の「また明日」の若干の気まずそうな感じ……すべてにおいて藤波夏帆の等身大のかわいらしさが出ていて、絵も種崎敦美さんの演技も合わせて素晴らしいなと感じました。

・ごく普通の17歳の兄と妹に少しずつ近づいている

この時点で悠太と沙季はまだ16歳です。12月の誕生日がくれば17歳。時間の流れを意識したセリフであるがゆえに、まだ16歳なのにあえて17歳と言っている

悠太と昼食をともにする藤波夏帆　『義妹生活4』P181挿絵

わけですね。

「大人に近づいているんだ」という意味も裏に含んでいるかもしれません。感情を上手に隠して円滑な関係性を構築できる。そういう大人になりつつあることと、兄と妹になりつつあることの2つの意味を含んだモノローグかなと思います。

アニメ
義妹生活
第12話によせて
（三河ごーすと感想）

・沙季と新庄がコンビニにいた理由

TVアニメでは説明せずにCM明けでさらっと買い出しに来ていましたが、原作小説では何故この二人での買い出しなのかが描かれています。勉強会の途中、女子から「お腹がすいてきた」という話が出て、沙季が率先して買い出しに行ってくるよと申し出ました。全員で行けばいいのではと言う子もいましたが、沙季はこの人数でぞろぞろ行ったらお店に迷惑になるからと言って止めました。そこで残った人は、買ってきたものを取り分けたり、家にあるものを軽く調理したりする役を引き受けることで沙季を買い出しに送り出しました。ここで新庄がすかさず「とはいえこの人数分の食べ物や飲み物を買ってきたら重いだろうからもう一人ぐらいは荷物持ちが必要だよね」と言い、一緒に来ることになりました。

・コンビニ店員の声の出演について

エンディングのテロップで、もしかしたらお気づきの方もいるかもしれませんが……あの、コンビニの店員、声、私なんですよね……。出演、させられてしまったんですよね……。

言い訳させてください。

ガチで！　本当に！　誓って！　私が出しゃばったわけじゃありません。

というかこれ、私もまったく事前に聞かされてなくて。12話のアフレコ当日、いつものように原作者監修のためだけに収録に立ち会っていたのですが……本編がすべて終わって、めでたしめでたしお疲れ様でしたーの空気の中、とつぜん、小沼音響監督が――。

「ミスでモブ役の声優さんを手配し忘れちゃいました！　僕を助けると思って出演して！」

　とオファーしてきて……。

「いや、いるじゃん！　そこに天崎さんも！　中島さんも！　皆さんいるじゃん！　兼ね役できますよね!?」

　という茶番（笑）を経て、収録ブースに連れて行かれることになりました。

　最初はここまでプロの仕事で丁寧に作られている作品世界に素人の分際で出演するのはなぁ……と引け目もありましたが、まあ、邪魔になったとしても目の前にいるの沙季と新庄の組み合わせだしべつにいいか、みたいな（笑）。

　とはいえ、やるからには全力で取り組もうということで、何故か後ろの方でじーっと見ているキャストの皆さんに台本の持ち方を教わったり、小沼音響監督にマイクに乗せるための声の出し方を教わったり……たった一言のセリフでしたが、頑張りました。

　ちなみに1回目の演技に小沼音響監督からダメ出しが入り、2回目でOKテイクとなりました。

最初、声を張ってしっかりマイクに乗せないとと思って「ありがとうございました―！」と語尾を上げて言っちゃって。「それは居酒屋店員の『ありがとうございました』です」と指摘され、「そうか！　言われてみたら全然違うな」と気づけたり。脱力感のある、語尾下げの「ありがとうございました」がコンビニ店員だよということで。

まあそのディレクションだけでスマートに行けたかと言うとそんなことはなく。「声を張りながら気だるげって何!?　語尾が下がる言葉をマイクに乗るようにハッキリ言うってどうやんの!?」と戸惑いながらも挑戦し、かろうじてOKをいただきました。

こんなことをもっと高い次元でやり続けてるなんて、声優さんたち、ホントすごいなって思いましたね。

良い経験をさせていただきました。

・新庄圭介（しんじょうけいすけ）について

彼はTVアニメでは最も繊細に扱わなければならない人物だったと思います。

ヒロインに対して横恋慕してくるキャラクターは古今東西の恋愛作品で嫌われがちなポジションですし、男子向け作品においては露骨に「嫌な奴（やつ）」として描かれてしまう可哀想（かわいそう）な立ち位置でもあります。

『義妹生活』では原作小説もTVアニメも「イイ奴」「悪い奴」みたいな描き方を意図的に避けていきます。それはなるべく人にレッテルを貼りたくないという悠太や沙季への制作側からのリスペクトでもあり、そのようなわかりやすい描き方はこの作品の目指すべき方向性と違うということでもあります。

「視聴者に対し、人物の印象をある一定の方向に強制的に示唆する」ということを、TVアニメ『義妹生活』は徹底的に避けていきます。それこそが、現実的か非現実的かという軸ではない、もっと向こう側の「実在感」に繋がると信じているからだと思います。

新庄は「イイ奴」として描いてもいけないし、「嫌いな奴」として描いてもいけない。横恋慕、みたいな見せ方も必要ない。ただ彼は彼自身の人生を生きていて、その中で沙季を好きになって、そして告白しただけの同級生の男子です。彼の人生はあくまでも彼の人生。悠太や沙季の関係をどうこうするために告白したわけではないし、フラれたからといってひどいことをしたりもしません。

収録の際も、そのようなディレクションがなされていて、結果的に本当にすばらしい塩梅のフラットさで表現されていたように思いました。

ところでTVアニメではカットされている、原作小説ではあった出来事について。

実はこの新庄君、三者面談で悠太と沙季が兄妹であることを知りました。

プールでの一幕で新庄は悠太と沙季の雰囲気がいいことを何となく察していて、もしかしてもう付き合っているのかも、自分にはチャンスがないのかもと感じていました。……が、三者面談の日に二人が兄妹であることを知り、あの距離の近さ、仲の良さは兄妹関係由来のもので、自分にもチャンスがあるのかもしれないと思い、告白の機会をうかがっていたわけです。

・新庄の告白を沙季が断った理由

新庄はかなりモテます。爽やかなスポーツマンで、オシャレで、女の子にも紳士的で優しいです。工藤准教授が言っていたような「他の魅力的な男子」です。

細やかな気遣いができて、すごく表面的な部分だけを切り取ると悠太と似たような気遣いの上手さを備えていて、おまけにスマートという非常にハイスペックな男子。

が、実は原作小説ではこのとき、沙季は新庄と会話しながらも頭の中でずっと悠太を軸に新庄のことを考えていることに気づきます。

たとえば同じ気遣い上手でも悠太とは微妙に違う、と、些細な違いについて考えています。

新庄は細かいところに気づいて、自分の方に重い荷物が来るようにしています。しかしこれは優しいけれど沙季の望む関係性ではありません。沙季は、「ギブ&テイクはギブを多めに」とかつて言っているわけですが、これは相手への気遣いというだけではなく「その方が自分が気楽」という意味を含んでいます。

新庄圭介　『義妹生活4』口絵

悠太は無理に自分で負担を引き受けようとはしません。基本的には沙季のやりたいことを、やりたいように尊重して、一歩引いてくれている。その上で、沙季が負荷に耐えられなくなりそうになったとき、あまりにもギブが偏りすぎてしまっているとき――そういうピンポイントなタイミングで、悠太は強く踏み込んで、支えてくれます。それこそが、沙季にとって最も心地好い支えられ方、ということですね。

ゲームにたとえるとわかりやすいかもしれません。「初心者だから大変だよね！　大丈夫、助けてあげるからね！」と、1から10まで助けられてしまったら楽しくない。そこに罠があるかもしれないけど自分の意思で好奇心のまま突っ込んで死んでみる、とか、そういう遊び方のほうが楽しい。ギリギリまで試行錯誤して、それでもどうしても先に進めなくてつらすぎる時だけ教えてほしい。そういう感覚ですね。仮に沙季がゲーム配信をしていたら、指示厨のことはめちゃくちゃ嫌いなのではと思います（笑）。

そういうわけで、新庄は優しいし、きっと魅力的なんだろうけど、自分にはしっくりこない……と、沙季はあらためて悠太のことが好きだし、彼を想っているんだと自覚しました。

・藤波夏帆について

藤波夏帆とは何者なのか、どうして出会ったばかりの悠太の背中を押してくれるのか。

実は原作小説の方でもヒントこそちりばめているものの、ハッキリと「こうである」と

は説明したことがありません。する気もありません。彼女の裏側を説明しすぎないことも
また、『義妹生活』の作風を維持するために必要なことだからです。
ですが、TVアニメをここまで楽しんでくれた皆様、そしてこんな原作者の怪文書を読
んでくれている皆様に何の情報もナシではさすがに心が痛むので、いままで語ってこなか
った藤波夏帆の裏設定をちょっとだけ開示させていただきます。
説明されずとも滲(にじ)んでいるとは思うのですが、まず、藤波夏帆は元不良生徒であり家出
少女です。中学生の年頃には繁華街の真ん中、あるいは裏側で生き、けっして褒められた
ものじゃない付き合いもあったし、行動もしてきました。人間の汚いところや欲望といっ
たものと最も近い距離で触れ合ってきたし、自己破壊的な欲求もあって、わざと危険な場
所に身を置いていた節もあります。ピアス穴は当時の名残です。両親を失い、気に入らな
い親戚のもとに預けられたことで反抗し、逃げ、一人で生きるのだと自立を誓った人間で
もあります。
現在の養い親「おばちゃん」のおかげで今は更生し、日の当たる道に戻ろうと努力して
いるところですが……その「おばちゃん」も、言ってしまえば裏社会側に近い存在。グレ
ーゾーンの中でしか生きられない人たちに手を伸ばしているような人物です。
藤波夏帆はもちろん確固たる一人の人間として存在しているのですが、「欠落を埋めて
くれる存在が誰もいなかった場合の悠太と沙季」を暗示するような人物でもあります。
悠太と沙季は、人間を信じられなくなるような経験を経て、片方の親を失っています。

一方で藤波夏帆は、両方の親を同時に失った上で、人間を信じられなくなるような経験をしています。悠太と沙季にはもう片方の親が残っていたことと、再婚でお互いと出会ったことで欠落が埋められ、致命的な一歩を踏み出さずに済みました。

ですが藤波夏帆は、一度経験している人物とも言えます。悠太と沙季にとって、最も望ましくない未来を一度経験している人物。もちろん、だからといって彼女がまったくの不幸だというわけではありません。彼女はそこから立ち直り、現在は人並み外れた経験をしてきたことによる達観した視点を持ちながら学業に励めているため、この先はとても良い人生を送れるでしょう。

……さて、そんな人生を送ってきた藤波夏帆。何故彼女が悠太に肩入れするのか？

彼女の両親って、どうして親戚一同に結婚を反対されていたんでしょうね。旦那の方か、嫁の方か、どちらかがよほど怪しい出自だったんでしょうか。親戚一同から拒否反応が出てくる何かがあったのは間違いありません。そういえば悠太と藤波夏帆の会話は、沙季と工藤准教授の会話と並行して行なわれていることが多かったわけですが……このタイミングで倫理の話を掘り下げたのは何故でしょうね。

あとは想像にお任せしますが、とにかく藤波夏帆の両親には、親戚から倫理的に忌避される何かがあって、それゆえに味方をつけられなくて孤立したわけです。彼女が親戚になじられても「仕方ない」で納得しようとしていたのは、それもあるかもしれない。両親にも悪いところがあった、と。でも、やっぱり内心では両親を愛していたし、なじられるこ

夜の渋谷を行く藤波夏帆　『義妹生活4』口絵

とには怒りを覚えていた。この境遇は両親が悪いんじゃなくて、両親を受け入れなかった周りが悪いんだと、自分勝手だけどそういうふうに素直に感じることがようやくできてきた。

だからこそ、「周囲から倫理を盾に忌避される関係性」というものに対し、自分は味方のスタンスで在りたいと考えているのです。

・どうしたって期待してしまう

悠太や沙季、藤波夏帆の感情がまったく理解できない人は本当に幸せだなぁと思います。傷つけられた経験の多い人、人を信じたくなくなるような経験をした人は、他人に期待しないことで心を防御する気持ちが理解しやすいと思うんです。

ただ、本当の意味で「期待しない」境地に達するのは本当に難しい。それこそ長い人生経験とか、僧侶が長い修行の果てに到達するような境地です。普通の人は「期待しない」と意識したところで心の奥底ではどうしたって期待してしまう。

上野監督は、この結論をアニメ1クール通してのメッセージに据えて、それを一本の軸としてあらゆるシーンを構築してくれたのだと思いました。

・悠太の告白からの一連の流れ

9話に続く、TVアニメ『義妹生活』で最もお気に入りの場面です。一連のシーンすべてが好きだし、ドキドキしたし、ホッとしたし、涙が出てしまいました。

原作小説とは流れこそほぼ同じですが、ところどころTVアニメ独自の表現になっています。

悠太の感情は恋愛感情じゃなくて妹に対してのものだよねと沙季が言い返した後、悠太が反論の言葉をなくしてしまったところ。ここは原作小説ではその後、食事の会話がなくなり学校に行く時間となって、先に家から出ようとした沙季を玄関まで追いかけていき――そこで沙季が「嫌じゃないから」とつぶやき、悠太の手を引き自分の部屋に連れ込みます。

しかしTVアニメでの沙季は、「妹に対する感情がすこし強く出ているだけという可能性は？」と言ってから、悠太が黙ってしまうのを見て、「ごめん」と言い捨てて自分の部屋に逃げ込んでしまいます。

これによって、TVアニメでは、悠太にはもう1アクション沙季に対して踏み込まなければならない試練が与えられます。閉ざされたドアに対して、どうアクションするのかという試練が。

ところで皆様、覚えているでしょうか？　私は6話の解説のときに、「この作品において、密室は脳（頭の中）のメタファーである」と書きました。二人が表面的なすり合わせではなく、深い部分ですり合わせを行なう時は密室であることが多いです。

この12話においては、もちろん沙季の部屋。より沙季にとってパーソナルな空間で行ないます。

それと照らし合わせて考えると——

悠太の告白に対して「逃げる」行動を取って、頭の中に閉じこもり、いろいろと考えを巡らせる沙季。

沙季の心に優しく（あるいは恐る恐る）ノックをし、返ってこない返事に歯を噛み、告白を後悔しそうになる悠太。

ドアが開く直前のこの一連の流れがあることで、いまからお互いに深いところに踏み込み、すり合わせしていくんだということが強調されていました。ここが1クールのクライマックスであることを考えると素晴らしい演出だったのではないでしょうか。

このドアをノックする音もまた凄いんですよね……。悠太がノックして、すこししてから沙季が小さくノックを返すわけなんですが。ここ、ただの音じゃないというか。どちらも一言も言葉を発していないのに、演技してるんです。この繊細な表現、とても好きですし、さりげなくも素晴らしい技術の結晶だと思いました。

TVアニメのオリジナル表現はこの後も続きます。沙季の部屋に引きずり込まれ、抱きしめられて「安心、した？」と言われ、その後、二人がどんな関係に落ち着くべきかを話し合う場面で。沙季が全部を言い切れず、思わず泣いてしまうところ。——ここ、原作小説では泣いていないんですよね。

4話の感想で、『義妹生活』は悠太と沙季が実在すると仮定して、その私小説を私が勝手に書いているだけというイメージだと述べました。又、ＴＶアニメは上野監督がこの二人を観測してアニメにしている、とも。それがそのまま原作小説とＴＶアニメでの沙季の感情の出し方の違いに表れているのだと思います。

私のフィルターを通して見た沙季は泣いていなかったけれど、上野監督を通して見た沙季は泣いていた。そういうことなのです。

――と、思っていたのですが。後に上野監督に聞いたところによると、上野監督も最初はここで沙季が泣くとは思っていなかったという話でした。コンテを切っていたら、自然と涙を流していた、と。

『義妹生活』では視聴者の見方や感情を一方向に示唆するような表現は避けてきています。それは原作小説もそうですし、ＴＶアニメでも同じです。だから「最終話だから感動させてやろう」とか「クライマックスなんだから泣かせたほうがいいだろう」とか、そういう意図で流した涙なのであれば、私はきっと違和感を覚えていたでしょう。原作と違うからといって文句は言わないけれど、「ああ、違うな」と感じるだけで、ここまでＴＶアニメ版の『義妹生活』にドハマりすることはなかったと思います。

しかしこの沙季の涙はあまりにも自然すぎた。確かに上野監督のフィルターを通して、1話から11話までＴＶアニメで描かれてきた沙季は、12話のこの場面では泣いているんです。

視聴者をこうしてやる、という意図とか強制的な示唆ではなく、泣くべくして沙季(さき)は泣いた。だからこそ、原作小説とは異なる表現だけれども、原作者の私も気持ちよくこの展開を受け入れて感動できたのだと思います。

・「期待する。これから俺は綾瀬(あやせ)さんに期待する。だから綾瀬さんも俺に期待してほしい」

恐る恐る沙季の手を握りながら悠太(ゆうた)の発したこの言葉。なんて優しくて、頼もしい言葉か。

ちなみにこのセリフもTVアニメオリジナルです。アニメを1クールでひとつの作品としてまとめるためにも必要なセリフの回収なのですが、こちらについてもただアニメの都合でまとめるというだけでなく、なるべく原作小説から汲(く)み上げようとしてくれているのがわかります。

原作小説では藤波夏帆(ふじなみかほ)の話を聞いたときに、次のようなことを考えています。

人間なんだから、か。

俺の脳裏をよぎったのは、初めて綾瀬さんと出会ったときの夜の会話だ。

あのとき綾瀬さんは俺とふたりになったときに言ったっけ。

『私はあなたに何も期待しないから、あなたも私に何も期待しないでほしいの』

あのときの、探るような綾瀬さんの表情を思い出す。綾瀬さんは同居する俺に対してああ言って、そして俺はその言葉を聞いてとても安心した。

彼女は俺と同類だと思ったからだ。

聞きようによっては初対面の相手にぶつける言葉としては失礼極まりないと怒られかねない言葉を、それでも探るように敢えてぶつけてきたあのときの彼女の真意は……。

俺はひょっとして見えてなかったんじゃないだろうか。

彼女はほんとうに何も期待していなかったのか。

そしてその言葉は自分自身に返ってくる。

俺は、親父が結婚するだけだと思っていた。思おうとしていたのだけれど、本当に何も期待していなかったのか？

※引用：『義妹生活』4巻　222～223ページ

原作小説でも、悠太が告白することを決めた理由として、沙季との最初の約束のことを思い出した、というものがあります。

期待する＝相手が自分の望むような愛情を向けてくれることを期待する。感情を押しつけても許されると期待する。最初は互いにそれをしないようにと約束することで一線を引き、期待を裏切られることによって傷つく可能性を避けようとしましたが……今の彼らは、互いに期待したくなっている。だから期待するのをアリとしていこう、と提案する……というのが原作小説における心の流れなわけです。

セリフとして「俺は綾瀬さんに期待するから、綾瀬さんも俺に期待してほしい」とは書きませんでしたが、感情としては原作小説の悠太はTVアニメと同じようなことを考えて一歩を踏み込んでいるとも言えるわけですね。

これもまた、TVアニメ『義妹生活』のクライマックスが、けっしてただのアニオリではないと感じる部分です。

・「　と　」

この空白のサブタイトルには視聴者の皆様もだいぶざわついていたようです。どういうことなのか、何かあてはまるのか否か、と皆様がさまざまな予想をしているのを楽しく拝見していました。

12話を観た方ならすでにお察しのことと思いますが、こちらの正解は「tomorrow and tomorrow」でもあるし表記そのままの「　と　」でもあります。

悠太と沙季が12話を通してたどり着いた結論は——「恋人でもなく、兄妹でもない関係」あるいは「恋人であり、兄妹でもある関係」。あえて言うなら特別に仲のいい義理の兄妹として。ラベリングできない関係を結ぼう――というものでした。この空白は、名前のつけられない関係を象徴したものだと私は理解しています。

その上で最後の最後に埋められた言葉。明日と明日。来る日も来る日も。これは上野監督からの、悠太と沙季に向けた、いつまでも二人の明日が交わったまま続きますようにという願いのメッセージなのかと思います。

二人の生活がこれからも続いていくんだと、そうあってほしいと、そういう思いがあってこその文字なのかな、と。

・1話～12話ひとつなぎの物語
最後に。TVアニメ『義妹生活』は1話～12話までの1クールまとめて1本の作品です。私は原作者として放送前に、シロバコで12話ぶんをまとめて視聴しました。そのおかげで、上野監督やアニメ制作陣がこめたクリエイティブを、余さず、最も理想的な形で享受することができました。

1話から3話にかけてミステリアスでどこか危うさを帯びた綾瀬沙季と出会い、4話から6話にかけて悠太のこれまでの関係と新しい関係が混ざり合っていき大きな変化の兆しを感じ、7話から9話にかけての高まっていく感情に心乱され、1話から8話にかけてじわじわと沙季の幼い側面が刷り込まれていった末に9話で爆発し、10話と11話で悠太と沙季が新しい関係を模索したり自分の感情が本物かどうかに向き合ったりし、12話ですべてが結実する。……その一連の流れすべてがきれいに繋(つな)がって、最高の視聴体験となりました。

実はシロバコで12話を見終わった直後、あまりにも心が思春期に戻り、感動してしまい、担当編集者に「これ、気持ち悪かったら送らないでもらってもいいんですけど。大丈夫そうならアニメ側に送ってください」と言って、アニメ制作陣に向けて長文の感想と感謝の言葉を送ってもらいました。放送期間中に長文解説・感想をやることにしたモチベーションも、そのときの感情の勢いの延長線上に湧いてきたものです。

TV放送はもちろんのこと、気に入ってくれた方は是非、まとめて視聴してみてほしいです。

又、この素敵な映像作品をさまざまな形で手元に置いて、大切な人生の思い出のひとつにしてくれたら、原作者として、又、一人のアニメ『義妹生活』ファンとして、うれしく思います。

外伝小説
「グッド・バイ」
読売栞

東京、高田馬場にある四階建ての中層集合住宅の独り部屋。神田川を見下ろせる二階に引っ越したのは一年前の春三月のこと。

移り住んだときには川の両岸に植えられた桜並木が死体を幾つも埋められそうなほど満開で最高の眺めだった。けれども盛りは短い。大学が始まる頃には散り果てて青を茂らせるただの並木になってしまった。それが昨年の春。

年年歳歳花相似たり。この春も土手の桜は満開だったけれど。

――花発けば風雨多し。

昨夜の雨で名残りの花の欠片もきれいに散ってしまったろう。

舞う花びらの向こうに懐かしいひとのおぼろな影が消えてゆく――。

ちんちろりん。ちんちろりん。

携帯の鳴らす音に揺さぶられて目を覚ました。

「あたまいたぁ」

起きあがると同時に夢の記憶は散ってしまい、代わりにずきりと脳の芯が痛む。宿酔に濁った頭を抱えて溜息をひとつ零した。

「やばい……。授業までに抜けるかしらこれ」

携帯の時刻表示を見やる。八時を回って半になろうとしていた。ふつうならば遅刻確定だが、わたしは自分が朝苦手だと知っている。一限をできるだけ取らないようにしていた

から遅刻はしない。はずだ。

とりあえず着替えるか。

胸元のつまみを下へと引っ張った。高校のときから愛用している赤地に三本線が入ったジャージを脱ぎ捨てる。女子大生の着るナイトウェアとしてはあまりにダサい。だが圧倒的に楽なのだよ。

掛け布団を蹴り飛ばし、左右の親指で引っ掛けて下を一気に脱ぎ下ろすと、外気に触れた素脚がひんやりとして案外気持ちよかった。わたしは断じて裸族ではないが裸で寝る人間の気持ちもわからんでもないな。さて本日は何を着ていこう。暗闇のなかで目を眇める。うん、何も見えない。窓に掛けた遮光カーテンは優秀で、わずかな隙間から漏れてくる光では部屋は暗闇とさほど変わらなかった。

照明のリモコンを探してベッド脇へと手を伸ばす。確かこの辺りに。指が引っ掛かると同時にサイドテーブルから落ちそうになる。慌てて掴みなおしたけれど、体勢を崩したわたしは積みあげてあった本に躓いた。そのまま前のめりに倒れる。

膝と、テーブルの角で頭を打って悶絶した。痛みに声を失い、うずくまったままの姿勢で涙を拭う。明かりを点す。立ち上がって部屋を見渡した。

床がほぼ見えない。

そこここに未読と既読の本の塔が建設されているし、授業で使う資料と書き散らしたレポートの束が床を埋めている。本棚？　もちろんとうに埋め尽くされているからこうなっているのだ。何も問題はない。ベッドから机と食卓と台所と玄関への通路はしっかり確保されているから行動に支障は起きないし。

一度だけ高校時代の友人が遠路はるばる遊びに来たことがあり、部屋の状況を見て取った彼女が整理整頓せよと言うので、「整理」とは何かについて議論を交わした。

わたしは「物の在り処が把握できていること」だと主張した。この部屋にあるあらゆる本の所在をわたしは把握している。完璧にだ。だからわたしにとってはこの状況こそが整理整頓なのである。だが彼女は理解してくれなかった。それからは部屋に二度と人は呼ばないぞと決心した。

完璧に把握はしている。しかし明かりがなければ躓くことくらいはある。

足下に斜めに倒壊した未読の塔ナンバー——ええと、こいつは3だ。ほら、覚えてる！　積み直した。その際に、一番下にあったフィリップ・マーロウに目が留まり、それを一番上に。長編の最後のやつ。読み終わるのが惜しくて取っておいたけれど、なんとなく読みたい順位が上がったので。

さて、着替えに戻ろう。だいぶ時間を損したから。

未読の本の塔を避けつつクローゼットへと辿りつく。女友だちというやつは厄介で二日同じ服を着ていると絶対に気づく。そしてあらぬ妄想を掻き立てる。でもしがない学生の身でそう何着も服を買えるわけもない。で、着回しという小癪な技を使うことになる。

幸いわたしは流行の最先端なぞに興味がなかった。自分に似合う服がどういう類の服なのかも知っていた。いわゆる和風文学少女っぽいやつだ。わたしは黒髪ロングで色白で細面なのだからしょうがない。そもそも名前からして読売栞（よみうりしおり）である。本に栞を挟みつつ読んでから売るわけである。読んだ本を売るなって話はさておき。これはもうミステリに登場したら絶対に探偵役か殺される役しか似合わない。

　そしてそういうふうに見られることをわたしはちょっとばかり気に入っていたので服を選ぶのも必然的に飾りけがなく派手さを抑えたものになった。都合の良いことにそういう服は質を問わなければ量販店の既製服で手に入るし。

　クローゼットの中を見渡すと白の半袖ワンピースに目が留まる。お気に入りだし、夏にはちょうど良いけれど、さすがに四月の中旬ではまだすこし寒いか。隣に目を移す。淡いクリーム色の上下。これにしよう。ベージュ色の細いベルトがお気に入りだ。

服をクローゼットから出して、まずはシャワーを浴びようとしたところで携帯が鳴った。

「はいはい、はいっと。栞さんは現在着替え中ですよぅ」

　聞こえるわけもないが（聞こえたら困る）、そんなことを言いながら携帯を手に取る。

「母」の文字を確認して、ああまたかと思った。

　電話口から聞きなれた声が聞こえてきた。

『元気にやってる？』

　案の定、いつもと同じ言葉から始まった。

「うん。元気です」

『ひとりで大丈夫なの？　部屋の掃除とかちゃんとしてる？』

娘を心配する母の言葉なのは重々承知しているし感謝もするのだが、なぜ健康への心配の次に来るのが部屋の片付けなのか。元気でいるかのあとは街には慣れたかとつづくものではないのか。母よ、あなたもか。あなたは二十年、わたしの部屋を見てきているはずではないのか。

……見てきてるからか。ううむ、母め。あなたは鋭い。

床の見えない部屋から視線を引き剥がしてわたしは言う。

「はいはいはい大丈夫、大丈夫」

『はいは一度でいいのよ？』

「……はい」

『だいたいあなたはねえ、昔からそうなの。小難しいことばっかり言い返すばかりでいつだってちゃんとしてたためしはないの』

「そんなことは……」

『だらしがないったら』

「お母さん、わたしはもう大学生です。子どもじゃないんだから」

『お片付けに行ったほうがいいのかしら』

いや、こっちの話を聞けというのに。というか聞いてください。頼むから。ぜったい来て欲しくないのに。なんて言えば諦めてくれるだろう。

「遠いから一日じゃ帰れないじゃない？」

『そっちに泊まればいいでしょ』

母が？　この部屋に？　背筋が凍る。部屋に泊まる余地はない、と言おうとして、それは片付けてないと認めるようなものだと気づいた。あぶないこれは罠。

「ええと……お母さん、そろそろ学校に行かなくちゃ」

『いつもこんな時間から行ってたっけ？』

自堕落な生活リズムのほうを把握されてしまっていた。

「よ、用意が色々あるんだよぅ」

『そう？　じゃあ、切るけど。まあとくに用事があったわけじゃないけど』

じゃ、何のために電話してきたんだ。わたしは電話を切ろうとした。またねと言おうとしたところで母が付け足してくる。

『たまにはお兄ちゃんに会いに来なさいよ』

ぎゅっ、っと携帯を持つ指に力が入った。

思わず息を詰めてしまい、呼吸を忘れる。無理やり肺から空気を追い出してから深く息を吸う。

「まあ、気が向いたら、ね」

そのあとも一言二言付け足して言われた。わたしは馬耳東風を決め込んだ。天井を見上げて染みの数をかぞえていれば終わるからってのは、どんなときに使う台詞だったっけ。

通話を終えて。

しばらくぼうっとしていたので二限にさえ遅刻するところだった。

急ぎに急いで大学に到着し、キャンパスの内側に足を踏み入れた。

息を整える。ポーチから手鏡を取り出して自分の状態をざっと確認する。髪のはねもないし、化粧もぎりぎり崩れずに整っている。ＯＫ。真夏だったら汗で酷いことになっていた。春で良かった。

化粧をしていると感じさせないいわゆるナチュラルメイクなのだけれど、自然さを作る、というのはこれが存外難しいもので、せっかくの苦労が台無しになるところ。

しかしこんな手間のかかる化粧という技術を成人女性は習得していて当然と世間から見なされるのは理不尽であると常々思う。義務教育過程の学習指導要領に入れて学ぶ時間を確保して欲しいものだ。

面倒だからナチュラルメイクよりもナチュラルで通したいとわたしは常々思っているのだが、女子大生という生き物は、化粧ひとつしてない同輩を見つけると、即座に寄ってきては色々とマウントを取ってくるのだ。より面倒になるよりはということで、わたしは今日もせっせと化粧をしている。

門からつづくゆるい坂を登り、校舎の手前にある自販機の前でわたしは足を止めた。

青空を睨み上げる。まだ春のはずなのに頑張りすぎな太陽を恨めしげにちらりと見てからペットボトルの水を買った。

蓋を捻り開けてひと口だけ含む。ふう、と息を吐いた。

生き返った。

「おはよう、よみよみ」

背中から声を掛けられる。よみよみ？　声に覚えはあったので念のために振り返った。

身長の差が著しい女性のふたり連れが目に入る。

先ほどの妙な挨拶をしてきたのは背の高いほうの女性だった。肩幅も広い上に、きりっと整った顔立ち、おまけに低いハスキーボイス。これで男性だったら女性は耳許で囁かれただけで落ちそうだ。惜しい。ただ、中身はチャラ男ではなく意外にも真面目さんだったりする。

「おはようございます、岡本さん。その妙な呼び方は何でしょうか」

昨日まではふつうに「読売さん」と呼んでいたはずである。

「だめ？」

「いえ。自分のことだとわかるならば別に」

そう返したら妙な顔をされた。ぼそりと「おやまあ」とつぶやかれる。

なぜひとを『よみよみ』なぞという妙な呼び方をしておいて、言ったほうが呆れたような顔になるのか。

「ところで浮かない顔をしているけど、もしかして宿酔かな？」

「いささか」

わたしが答えると、岡本さんの隣の背の低いほうの女性が会話に割り込んできた。

「栞ちゃん、案外弱かったねえ!」

こちらの小さなほうの女性は坂本さん。ウェーブのかかった髪が胸元まで覆い、すこし垂れ目と小さな口が愛らしい小動物を思わせる。ただ、口を開けば一転してきゃらきゃらと姦しい。ふたりとも見た目と中身に少々ギャップがあるので、出会った当初はわたしもいささか戸惑ったものだ。

どちらも名前に「本」の字が入るので、密かにモトモトコンビと呼んでいる。

覚えるときは、高い丘のように上背のある岡本さんと、坂を転げ落ちていきそうな坂本さん、とイメージしておくと間違えないからお勧め。

わたしと歩くときはたいてい右に岡本さんが左に坂本さんが並ぶ。右から左に向かって段々畑のように並ぶわけだ。

「なんで、わたしはいつもおふたりに挟まれるんでしょう」

「このほうが話しやすいからね」

「そうかなぁ」

「嫌かな?」

「まぁ、いいです」

微笑みを添えて返した。

「ホントに嫌がらないんだなぁ」

「え？」

なんでもないよ、と岡本(おかもと)さんがおっしゃる。意味ありげで止められるのはとても気になるのですが。

坂を転げ落ちそうなほうの坂本(さかもと)さんが「してもさぁ」と口を挟んできた。

「栞(しおり)ちゃんはいつまでも敬語が抜けないね。あたしたち同期なのに」

「これがわたしのふつうですから」

「そうかなぁ」

ちょっとしょんぼりされてしまった。だが馴(な)れ馴(な)れしさは図々(ずうずう)しさに繋(つな)がる。黒髪ロングのおしとやかな女性に人々が求めるものは清楚(せいそ)さであってガサツさではない。その中身が怠惰な単なる読書マニアだとしてもだ。人々の求めるロールに従っていれば面倒な摩擦なく世界は快適に歩けるのだ。

「よみよみは、解散後、ちゃんと家に帰れたかい？」

岡本さんが言った。呼び方は妙でも言葉は心配そうな響きをもって聞こえた。やっぱり岡本さんは真面目さんである。

「だいじょうぶでした」

このふたりの前ではわたしは猫を被(かぶ)っているので「おとなしい少女」と認識されているはずだった。そのほうが都合がいい。お酒の付き合いもほどほどで抜けられるし。

「よかったよー。あのままひとりにして、お持ち帰りされちゃったらどうしようかってちょっと心配だったし」

「そこまで酔ってませんでしたよ？」

「だよね」

「お持ち帰りってなんだい？」

　お持ち帰りというのは、酔った女性をなんだかんだ誘って自宅に連れ込んでいたすことである。もちろん一般的な行為でも推奨される行為でもない。真面目な岡本さんに懇切丁寧に坂本さんが説明した。岡本さんが顔を顰(しか)める。

「そんなことが？」

「世間には酔った女性に付けこむ手合いがいるの。そういう手合いにとって、栞ちゃんみたいに清楚で大和撫子(やまとなでしこ)な美人さんなんて大好物なんだから」

「ううむ。それは大変だ。しかし、そもそもそういう行為をするのが理解できないなぁ。酔ってるときの精神状態なんてまともじゃないんだから、その状態で口説いても真っ当な返事は期待できないじゃないか」

　真面目な岡本さんが真面目に突っ込んだ。

「相変わらず静(しずか)ちゃんは堅いなぁ。酔わせて口説く男なんてシタイだけで、まともに付き合う気なんてないんだから、そうなるよ。いたしかたないというか、いたしかねないというか」

「なにを言ってるんだ君は」

真面目な岡本(おかもと)さんが、ど直球な下ネタを朝からかまされて口をぽかんと丸く開けた。

わたしは——なるほど、「スルってえとナニかい？」——というどこかで読んで覚えていた返しを声に出しそうになったが、ぎりぎりで踏みとどまった。それは「おとなしい文学少女」の台詞(せりふ)ではないからだ。

外見から想像されるロールからは逸脱しない。そのほうが面倒ごとは減る。

わたしが把握している限り、岡本さんは見た目はわりとチャラいのに、意外と真面目なところがあるし、坂本(さかもと)さんはおとなしい小動物系に見えるのに、お調子者で下ネタ好きだ。

そう、ふたりとも外見通りではない。そういう内面を最初の数回の付き合いで大体把握できている——わたしは。

ところがこのふたり、お互いの付き合いはわたしとよりも長いはずなのに、相手の言動に意外と毎回驚いていた。

つまり、ふたりとも相手の内面を見抜けているわけではないのだと思う。

わたしの下ネタ好きも、それを口にしてしまったときの周囲の反応を考えると、「外見通りにおしとやかにしてなさい」とくどくど言われるだろうと察しがつく。

ひとは他人に外見通りの行動を期待するものであって、ひとたび真の姿など見せられようものなら、面倒くさい反応を返すのだ。

というか、かなり昔、うっかり晒(さら)して言われたこともあった。

自分の素をそのまま出したときに発生する周囲とのあれやこれやの摩擦を考えると、結局はそういった自分らしさなるものをわたしは呑み込んでしまうのだった。

読売栞は日本人形のような外見通りの大和撫子。

振る舞いもそれに合わせたほうが楽なのである。

よそゆきの顔を繕った、素の自分を隠した窮屈な生き方は退屈だな、と思わないでもない。短い人生、こんなことを我慢している時間なんてもったいないのでは、とも。

それでも一度被ったでっかい猫を脱ぐのは面倒くさい。着心地よくてね。

「っと、そろそろ二限が始まります。講義の初日から遅刻はよろしくないかと。おふたりは何をお取りになりましたか」

ふたりそろって同時に答える。

「『倫理学概論』」

岡本さんが「よみよみは？」と付け加えた。

「……同じです」

「じゃあ、このまま一緒に行こう」

「名物センセだって話だよね。楽しみ」

「そうなんですか？」

「おや、知っててコマを取ったわけじゃないのかい、よみよみは」

「ちょうどいい時間にあったからですよ」

歩きながらわたしは時間割を控えていた紙をポーチから取り出して眺める。

倫理学概論。担当は工藤英葉(くどうえいは)准教授か。

「名物先生というのは?」

わたしの質問に坂本(さかもと)さんが答えてくれた。

「なんって言うか、ええとね。『型破り』なんだって、色々。で、教授もたじろぐほど頭がいいらしいよ」

イマドキ、奇矯な天才なんてものが存在するとは……。

「シャーロック・ホームズみたいなものですか」

「誰? 有名な人なのかい?」

「静(しずか)ちゃん、ちがうよ。ホームズはミステリ小説に出てくる探偵さん。ちょっと前にもやってたじゃん?『SHERLOCK』ってタイトルでさ」

ちょっと前じゃないですけどね。第一シリーズのとき、わたしたちは小学生では?

「君の好きな映画の話か」

「『SHERLOCK』はBBCのテレビドラマだよ。あたしは映画だったら『ヤング・シャーロック』が好き。あっちのホームズのほうが優しそうなんだもん。見た目は」

坂本さんが言うと、岡本(おかもと)さんは黙って肩をすくめた。わからないらしい。

ちなみに『ヤング・シャーロック』は、1986年に日本公開された映画だったりする。

もちろんわたしたちはみな生まれてさえいないはずなので、知らない岡本さんのほうがふつうだ。

「『SHERLOCK』でのベネディクト・カンバーバッチのホームズさんは気難しそうなんだよねー」

たしかにそうかも。『ドクター・ストレンジ』も気難しそうだったし。MCUはぜんぶ観(み)ているけれど、わたしは口を挟まなかった。映画好きと認定されると、坂本さんがますます絡んできそうなので。

「ま、優しそうなホームズって言えば、やっぱりアニメだよ！」

「ほう」

「犬だけど！」

岡本さんが真面目に「は？」とまたも困惑顔になっていた。

「急ぎましょう。始まりますよ」

わたしたちは段々畑に並んだまま授業へと急ぎ、教室の最前列に並んで座った。

教師から目を付けられやすいそんな席を、なぜ選んだのかと言えば、モトモトコンビが『噂(うわさ)の先生を最前列で見たい』と言ったからだ。君たち、舞台挨拶を目当てに初日に映画館に並ぶタイプかな？

板書用のタブレットを取り出してから鞄(かばん)を机の中に入れ、手にしていたペットボトルは隅にちょこんと乗せる。

わたしたちの大学はゆるくて授業に飲み物を持参するくらいは許される。もちろん飲み物といってもアルコールは不可だ。

名物先生の初講義とあって教室内はそこそこの入りだった。大学の授業は人気のある講義には学生が詰めかける一方で、閑古鳥の鳴く講義もたまに出る。この入りだと、工藤准教授の倫理学概論は人気があるほうだと思うが、噂になっている変人ぶりから敬遠する人も出ると坂本さんが教えてくれた。

始業の合図の鐘が鳴る。わたしたち三人は姿勢を正した。

ところが周りの生徒たちは気づいているのかいないのか、未だにお喋りをつづけている。

がらりと扉が開いて白衣を着た痩身の女性が入ってきた。

――白衣？　わたしは慌てて時間割を見直した。講義は倫理学だから実験をするような類の分野ではない。白衣の意味がわからない。

教壇に立つと彼女は欠伸をした。ふわあと大きく口を開けて。

右に座った岡本さんが囁く。

「寝起きなのだろうか……」

いやいや。もう昼近いんだけど。

左に座った坂本さんは小さく声をあげた。

「葉っぱ乗っけてる」

工藤英葉准教授は頭の上に枯れ葉を一枚乗せていた。しかも准教授の白衣をよく見れば緑の細い草があちこちひっついている。大学の敷地内には確かに寝心地の良さそうな芝生がそこここに生えていたけど……。

大学生というのは小賢しい生き物なので、そんな恰好で入ってきたら侮られると思うのですけど。

案の定、教室のなかは工藤准教授の登場などまるでなかったかのようにお喋りがつづいていた。

騒がしさも意に介さず彼女は何か話し始めた。小さな声で。いちばん前に居たわたしたちに辛うじて聞き取れるほどだったので、お喋りで充満している教室のなかではほとんどの学生たちには聞こえないはずだ。

語っている内容は今朝食べた食事のメニューだった。身振り手振りを交えて熱弁するのはいいのだが、いかんせん声が小さい。

面食らったのはわたしのほうだ。ナニコレ？　ノート代わりにしているタブレットのメモ帳を開いてタッチペンのお尻を咥えたまま固まってしまう。これ、ノートをとったほうがいいのだろうか？

しばらくしてわたしは気づいた。

教室内が変化を始めたのだ。

あれほど騒がしかった教室のざわめきが少しずつ収まっていく。

サラダから始まっていた工藤准教授の朝ごはんはクロテッドクリームをたっぷり塗った

スコーンがいかに美味しかったかに差し掛かっていた。どうでもいいが、朝食からそれはカロリー高過ぎではなかろうかと思う。

　最後のざわめきが消えた。

　やがて教室内は鏡のように凪いだ湖面のごとき落ち着きを見せ、私語はひとつも聞こえなくなった。

　そうなって初めて工藤准教授はメニュー語りをやめた。微笑みを浮かべて言う。

「キミたちのお喋りが止まらないのは、それが大切だと思っているからだ。そこに初対面の見知らぬ人間が強引に大声で割り込んでも静かになることはない。私の声のほうを邪魔に感じ、大事な話をつづけるためにより声を張りあげてお喋りに興じるようになる。ますます騒がしくなる。キミたちの行動には理屈が通っている」

　わたしは工藤准教授の白衣の下が淡い緑色のスーツであることにようやく気づいた。

　まるで男物のようなシルエットのスーツだ。

「では、私が話を聞いてもらうには、どうすればいいか。キミたちの優先順位をひっくり返してやればいい。さらなる大声をあげて注意を引く方法も間違いではない。災害のときのサイレンのようにね。でもそんなことをしなくてもいい。こうやってキミたちに届かないような声で、話をしているとわかるようにアクションを交えて語りかける」

　言いながらも、少しずつ声を張っていく。先ほどまでの、ぼそぼそと語っていた口調はもうどこにも見当たらない。

「私が話しかけていることは見えるように、それでいて声は聞こえない程度で。するとどうなる？ キミたちは聞こえるはずの声が聞こえないから不思議に思う。自分たちの耳のほうがおかしくなったのではないかと思う。自分たちの雑談が聞こえない原因と気づく。何か聞こえないかと耳を澄ませるようになる。最初は数人だろうが、それが少しずつ広がっていく」

そして、と言いながら、ポンッと両手を打ち合わせて鳴らした。

「こうして私の言葉を聞いてくれるようになるんだ」

そのときにはもう、教室内で工藤准教授の語りに引き込まれていない学生はいなくなっていた。

「というわけでこれから倫理学概論の授業を始めようと思う。ああ、先ほどまでの私の言葉は聞こえてなくても大丈夫。大した話をしてたわけじゃない。これでも講義で金をもらっている身なのでね、キミたちが聞き逃して損になるような話はしていない。だが——ここから先は別だよ」

にやりと笑み。

「大事な話をしたいから注意喚起をするのだからね。ここからが本番。大学というのは研究者に金を払って自分の身になることを教えろと学生が先生に迫る場だからね。おおいに私から有難い話を搾り取るといい」

なるほど、とわたしは感心した。

これは確かに名物先生だ。自分の語る授業には価値があると思ってはいても断言する先生はそうそういないだろう。自信家にもほどがある。

「といっても、今日は初日だからね。まずは小手調べといこう。キミたちは『トロッコ問題』というやつを知ってるかい？　っと、今おもしろい反応をしたキミ！」

すぱっと音がするような勢いで突き出した工藤准教授の手が示したのは――。

わたしだった。

うかつにも顔に出たらしい。

わたしは高校時代にこの『トロッコ問題』と出会っていた。

そして何冊もの関連する本を読んで、あれこれと考えたものだ。自分だったらどうするだろうか。他人はどのように行動するものなのか。

わたしはひとの社会的行動や振る舞いに興味があった。

岡本さんや坂本さんにはたまたま授業時間が合ったからだと言ったけれど、実のところわたしはこの授業を最初から取るつもりだった。人間は何を大切にするのか。何を選択するものなのか。

工藤准教授の語りに関心を惹かれすぎてしまって――擬態に失敗した。

ひとととひとの間に埋もれて目立たないよう過ごしていたのに。面倒くさいことになった。

「キミ、表情からすると、トロッコ問題を知っているんだろう。名前は？」

「……読売栞です」

「ああ、キミが読んで売っての栞(しおり)くんか。ミステリだったら探偵役か殺される役にしかなれない名前の子だ」

「……覚えていただけて光栄です」

「うんうん。覚えているとも。私は自分の受講志願者の名前はぜんぶ覚えているよ。この講義が終わる頃には顔も覚えられる」

学生たちがざわめいた。まさか初日からそこまで覚えられているとは思わない。しかも、それは倫理学概論の授業には代返が利かないことを意味している。これは想像以上に厳しい先生のようだ。サボったら、ばれる。

「じゃ、栞くん、説明をお願いする」

「わかりました」

目立ちたくはなかったがしかたない。

くるりと准教授に背中を向けて教室のクラスメイトたちに解説することに。

『トロッコ問題』は倫理学上の有名な設問だ。

制御を失った路面電車の切り替えポイントの先に五人の人間と一人の人間がいる。ポイントを切り替えなければ五人死ぬ。切り替えれば一人が死ぬだけで済む。だがそれは許されるか否か、という。

明確な正解がある問いではない。だが現実にこういった倫理的な問題に直面することがないわけでもない。災害医療の現場における「トリアージ」しかり、だ。

わたしが説明を終えると、工藤准教授は満足したような笑みを浮かべ、大きく頷いた。

「よし。必要にして十分な説明だ。座っていいぞ。では――」

大学に通い始めてから一年。

まだまだわたしは高校までの「授業」から抜け出せていなかった。文字通りの意味で授業というのは業を授けてくれる場だ。向こうから与えてくれる。

大学は「講義」の場。講義は説き聞かせるだけ。授けてくれるまで待つ場ではない。聞いたものを血肉にできるかどうかは本人次第。

「――本題に入ろう。シンプルな設問は、シンプル過ぎるがゆえに、時々現実的ではなくなることがあるのではないか、ということについて考えてみたい。現実で起こる事象のパラメータは複雑にして怪奇であり、それゆえに簡単な答えはありえない」

わたしはこっそりと頷いた。そこまでは高校時代にも考えたことがある。

「『冷たい方程式』というＳＦを読んだことがあるかい？」

わたしはまたも頷いた。宇宙を舞台にしたカルネアデスの板の話だ。普段はフィクションではミステリばかりのわたしが珍しく読んだＳＦ短編だった。トム・ゴドウィンはこの短編ひとつでＳＦというジャンルに名前を残している。

「ああ、別に作品自体を知っていなくてもいい。重要なのは、後世のＳＦ作家たちによって指摘されたことのほうだ。物理の法則は無情だが、パラメータが複雑になると方程式の解はひとつではなくなる、という。そこで――本日は大喜利大会をしてみたいと思う」

「なんでだよ」

思わず声に出してしまった。

「読んで売っての栞さんや、いま『なんで』と言ったかな?」

しっかり聞こえていたらしい。わたしは観念して頷いた。

「訳がわかりません」

なんで大喜利なのか。

大学は講義の場なのであって寄席ではないと思うのだが。

「最初に言っただろう? 今日は初日だから小手調べといこう、と。キミたちにはこれから『新しいトロッコ問題』を考えてもらう。キミたちなりの面白い倫理学上のジレンマを作ってみてくれ。これから配る用紙に書くか。今からホワイトボードに書くメールアドレス宛てに提出するか、どちらでもいい。提出したら退出していい。では、始め!」

そう言ったかと思うと、工藤准教授は白紙のA4用紙を配り、メールアドレスを書くと、教室の隅に椅子を置いて腰を下ろしてしまった。目を閉じて微動だにしなくなる。

教室内に戸惑ったような空気が流れた。

ホワイトボードの上にある時計の針だけがカチコチと動いている。

五分後。

立ち上がったわたしは彫像と化していた工藤准教授に声を掛ける。

「メールで提出しました」

動かぬ像と化していた工藤先生はポケットから携帯を取り出すと、ちらりと視線を落とした。

「うん。出て行っていいよ。ああ、みんな、時間内に終わらなかったらレポートだから気をつけたまえ。余暇が減るぞ」

ぐええと、悲鳴に似た声があちこちから上がる。わたしは彼らの怨嗟の声を背中で聞きながら教室を出た。

さて、余った時間をどうしよう。とりあえずは食堂の喫茶室にでも行こうか。そう決めて歩き出したわたしの背中に聞きなれた声が掛かる。

「栞ちゃーん。まってまって」

振り返ると、後を追ってきたのは転げ落ちるほうのモトさんだった。

「坂本さん……」

「空いちゃったから、お茶でもしよ」

「それは構わないけど……どうやって抜け出してきたの？」

坂本さんと岡本さんはわたしと並びで、つまり最前列に座っていたはず。

「ちゃんと課題を出してきたよ。静ちゃんは真面目だから唸ってたけど」

ということは坂本さんは真面目に考えてこなかったということだけど。あの工藤先生がいい加減な提出でＯＫを出すんだろうか。

「どんなものを出したか、聞いても？」

「ん？『トロッコ問題』×八〇億、って書いて出した」

そして、てへっと舌を可愛らしく出したのだった。

わたしは顔には出さず（今回は成功した）、心の中だけで唸る。

八〇億というのはつまり現在の世界人口だ。トロッコ問題は線路上にいる五人と一人を、あくまでも、外から見ている人間への問いかけとして作られている。

つまり、傍観者に対してなされた設問だ。

この問題は、少数を見殺しにすればより多くの人間が助かる、という功利主義をどう見るかというところがポイントになっている。

それを考えるとき、誰も死ぬのが自分だとは思っていない。

だが八〇億という具体的な世界人口の数字を目の前にしてしまうと誰しもその中に自分がいると想像してしまう。残りの四〇〇億人が助かるのだと言われても、どうしたって死ぬほうの人間に自分を重ねてしまう。

坂本さんは、具体的な数字をひとつ掛けただけで、傍観者を当事者に引きずり降ろしてみせたわけだ。最小の加工で古い問題を新しく見せかけた。まさしく大喜利的発想。真面目に倫理学を追求しようと思う者が聞いたら怒りそうだ。確かにずるい。だが頭が柔らかいとも言える。工藤准教授なら喜びそうだ。

「喫茶室のモンブラン、もう食べた？　美味しいんだよ」

「それは初耳かも。食べてみたいかな」

「じゃ、れっつごー！」

　わたしたちは喫茶室で岡本さんが来るのを待っていたが、いつまで待っても来なかった。あとで聞いた話では、結局、時間内に考えつかなくてレポートになったらしい。

「にしても、颯爽と一番乗りで教室を出てった栞ちゃん、かっこよかったよ。栞ちゃんにしては珍しかったけど」

　喫茶室でアイスティーを飲みながら坂本さんが言った。

「失敗したって思ってる」

「なんで？」

　素を出すなんて面倒くさいことをすると、面倒くさいことになることは経験上わかっていたからです。

　このときは、その想いは揺らぎもしなかった。


　四月も半ばになった。

　桜の木はすっかり緑の葉桜へと変わり、日毎に暖かさも増している。

　その日の講義が終わるとわたしは電車を乗り継いで渋谷に向かった。駅前のビルに入っている全国チェーンの書店へと。本を買いに、ではなくて、わたしはそこでバイトをしているのだった。

　店に着き、奥の更衣室で制服へと着替えた。

　事務所に出勤の挨拶をする。奥に座っていた店長が手招きをした。

「はい。何か仕事でしょうか」

「こっちの新人くんだけどね」

　言いながら傍らの人物を紹介してくる。そこでようやく見慣れない高校生くらいの男の子がそこに居たことに気づいた。まるで影のようにひっそりと立っていた。

「浅村（あさむら）くんだ」

　今日からバイトに入るので世話をしてやってほしいということだった。

「わたしが、ですか？　わたしもバイトですし新人ですが……」

「一年も勤めていればもう立派な熟練者だよ」

　そんなことはないと思うけど、信頼されているのは純粋に嬉（うれ）しい。わたしはありがとうございますと返してから店長の隣に居る少年を見た。

　立っていた年下男子が頭を下げる。

「浅村悠太（ゆうた）です。よろしくお願いします」

「あ、ええと。読売栞（よみうりしおり）です。よろしくね」

　とりあえず笑顔笑顔。

「浅村君、高校生？　バイト経験は？」

「高一です。ありません」

　ややぶっきらぼうに答えた。高校一年ということは、わたしの四つ下か。

若いなぁ。そんなに若くから勤労意欲があるとは。

わたしの初バイトは大学生になってから。つまり東京に出てきてからだ。ぶっちゃけると、この書店が初労働体験である。

郷里は田舎だったので、高校生のできるようなバイトといえば、駅前にぽつんと存在したファストフードのお店くらいだった。同級生たちの間では人気のバイトだったけれど、当時のわたしはそこまでお金に困っていなかった。むしろ勉強時間と読書時間が減ることのほうが嫌だった。

それはさておき。

「まず、売り場を案内しようか。どこに何の本があるかを知ってないとね」

事務所を出て、わたしは浅村君の前に立って歩き始める。とりあえず店内を案内するところからだろう。

入り口付近の売れ行き良好書を面陳して積んでいる平台から順に、雑誌の棚をぐるっと巡り、文芸書と文庫の棚を経由して、店の奥まで新米君を連れ回した。

「……という感じ。ここまで、ざっと動線に沿って見てきたわけだけど――」

「どうせん？」

「あ、わからないか」

「調べていいですか？」

「調べる？　……いいけど」

浅村君は携帯を手にした。あっという間に検索して調べ終える。

「建物の中の人の動きを線で表現したもの――であってますか？」

ほほう。安易に尋ねずに、自らの手を動かして調べるとは感心感心。

やるな若人。

「それであってる。ただ携帯は仕事中は持てないからわかんないときは遠慮せず先輩に訊いてくれていいからね」

「わかりました」

よしよし。素直でよろしい。

「お客様は入り口から入ってきて、動線に沿ってあちこちうろついた末に、買いたい本を抱えてお勘定場へと並ぶわけです。まあ実際は、ほとんどのお客様はベストセラーコーナーと雑誌の棚しか往復しないんだけど。だからそこの動線が最重要ね」

浅村君がこくりと頷いた。

「そして大事なのは、売れている本ほど目立つところに置け、ってこと」

意外そうな顔になる。

「売れてるなら目立たせなくてもいいのでは？」

うん。いい質問。けど――。

「売れている本っていうのはね。売れているという評判を聞きつけて買いにくる人がいっぱいいる。でも、そういうお客さんは普段から本を買う人じゃない。だから目立つところに置くべきなの。本を買いなれているお客さんは少々目立たないところに置いてあっても探せるでしょう」

浅村君は得たりとばかりに頷いた。

「おっしゃることはわかりました。必要だから買う本は、わからなければ店員に訊いてでも探しだしますからね。ああ、だから、画集や科学解説書のような専門性の高い本ほど店の奥にあるのか」

「そうそう。浅村君は本好きかな？　本屋も好き。たぶんこの店にも何回か来たことがある。ちがう？」

「……はい。あの……よくわかりますね」

「わたしが連れ回している間、棚の説明をされていても君は聞き流しているかのようだった。でも店の奥に画集と専門書があることを把握していた。つまり、聞き流していたのはもう知っていたから。君はこの店には何度か来ているし、棚の配置を覚えてしまうくらいには書店通いが好き」

「……そこまで見抜いて」

おっと、警戒された？

同じシフトで働く後輩なのだから気まずいのは嫌だ。ここはひとつ、先輩としてナイスなジョークのひとつでも飛ばさないといけないだろうか。

「観察と推理からの当然の帰結。初歩的なことだよ、ワトソン君！」

たっぷりためを作ってから見得を切った。

笑ってくれなかった。

ふたりの間に気まずい空気が漂ってしまう。本好きが全てミステリ好きとは限らないと、わたしは改めて実感してしまう。坂本さんだったらウケたと思うんだけどなぁ。まあ、件の台詞は正典では一度も決め台詞としてなんて使われてないんだけど。

「ま、まあ。今のは冗談だから忘れて。本好きなバイト君は大歓迎だし」

「仕事と好き嫌いは関係ないのでは？」

「そんなことはないよ。好きこそものの上手なれ、って言うでしょ」

「でも、下手の横好きという言葉もありますよね」

「お、おう。なるほど……」

食い気味に反論されて思わずたじろいだ。

嫌われてるんだろうかとわたしは不安になってしまった。初対面の会話でまさか自分の言葉を端から否定されるとは思わなかったのだ。相手の言い分に否定文の形で言葉を返すのは上手くないはずだ。自分の言葉が否定されて喜ぶ人は滅多にいないから。

それくらいわかるはずだと思うのだけど……。

目の前の高一男子の顔をおそるおそる覗き込む。

表情がわずかに硬かった。

緊張しているのだとわたしにはわかってしまった。そういえばまだ高校一年生だし、初バイトだと言ってたし。

ということは、これは素でやらかしちゃってるわけだ。

さて困った。

相手の言うことに単純なオウム返しで答えないのは自分の発する言葉に誠実であろうとするからだと思う。浅村(あさむら)君は決してふざけて言っているわけではないのだろう。だがそれが有効になるためには返した答えを相手が咀嚼(そしゃく)できる必要がある。

同じだけの誠実さを持っていて、コミュニケーションにおいて真摯さを最初から求めていて、定型の答えを望まない場合だけ。そういうときだけ有効だ。最初からそれが通る相手はつまりそもそも相性がいいってことだった。

定型文には定型文で。

ファーストコンタクトに必要なのはまずはオウム返しなのである。

面倒ごとを避(さ)けるには、と言ってもいい。

「本が好きなのは否定しないでしょ」

「まあ」

「お客として来ているときでさえ棚の位置を覚えてしまうくらいなんだから、勤め始めたらすぐに覚えられると思うよって言ってるんだよ」

「そうでしょうか」

また否定されてしまった。慎重にもほどがある。

話しているだけで浅村君の賢さはわかる。業務をあっという間に覚えてしまうだろうことは予想がつく。素直に、ありがとうございます、と返せないのは自己評価が低いからだろうか。

今あれこれ諭しても逆効果かもしれないし。さて、どうしたらいいだろう。

浅村君は困ったような顔をしたまま黙ってしまった。

「まあ、じゃ、簡単な仕事から教えるね」

「お願いします」

きちんと頭を下げて浅村君は言った。

礼儀正しい子なのはわかるのだ。ただ、やや他人とは距離を取る傾向がある――ように見えた。

わたしは店内を連れ回しつつ、掃除の仕方や接客のいろはなどを教える。もちろんぜんぶをすぐ覚えられるわけもないから、細かいところよりも大枠を掴んでもらうよう教えたつもり。わからなかったら訊けと言ったし。伝票の見方やレジ周りのお仕事はさすがにややこしいので後回し。浅村君は要所でわたしの許可を得ては携帯にメモを残していたけれど、まあ覚えきるのは無理だろう。

その間も、あたりさわりのない話題を振ってみたものの、反応はいまいち薄い。だんだんと自信がなくなってくる。緊張してるんじゃなくて、もしかしてわたしと仲良くなる気がないだけ、とか？　もしかして、うるさい先輩だなぁとか思われてるのかな。どうにも手応えを感じない。暖簾に腕押し、糠に釘、豆腐にかすがい。

距離を掴みかねたまま時間は過ぎ、高校生の浅村君は早めに退勤してしまった。わたしにとっては無口無表情な男の子、という感想のままで終わった。

高校生男子の扱いって難しすぎるよぅ……。

憂鬱な気分になってしまう。

人々の求めるロールに従っていれば摩擦なく世界は歩ける。

そう思っていたのだけど、これからは、清楚な大和撫子という仮面だけでなく、しっかり者の先輩という仮面まで被らなければならないのか。でも観測範囲にいる世間の人の多くはそうやって仮面を使い分けているように見えるしな。

考えてみたらわたしは、これまでの人生で誰かを先輩として導いた経験なんてなかった。バイト先で新人を教えるように言われたのはこれが初めてだし、小中高と部活をやってなかったから、後輩と絡む機会すらなかった。

そういえば男の子との会話さえ久しぶりだ。中・高と女子校だったし。大学も女子大でバイト先はおじさんばっかりだ。

これだと、わたしに指導なんて無理では？

書店の閉店時刻になる。

レジ締め作業前にふと思い立って売場に行った。ノウハウ本のコーナーだ。棚の左右に目を走らせる。

『理想の上司になるためには』という本が目に入る。

浅村(あさむら)君との距離感がどこから来るものなのかによるけれど、後輩の指導の仕方を知りたければ、こういう本を読むといいのかもしれない。よし、とりあえず確保だ。

その隣に『男女の科学』という本を見つける。帯に「近くて遠い男女の距離」と書いてあった。ふむ。浅村君との距離感が男女の性差から来るものなら、こっちの本も読んでみるべきか……。

店長が「レジ締めるよ」と声を掛けてくる。わたしは慌ててお勘定場へと駆け込んだ。

できれば後輩君にもうすこし心を開いてもらわないと……。


翌日の昼下がり。

昼食を食べ終えた後の空き時間を、キャンパス内にあるラウンジで過ごしていた。

休憩のお供は昨日買った『男女の科学』。科学的根拠がどこまであるのかは元ネタの論文にあたってみないとわからないが、書いてある内容はなかなか興味深い。

曰(いわ)く、まずは相手を知るべし。

曰く、次に、自分を知るべし。

曰く、そのためにも自分自身を客観視する術(すべ)を身につけるべし。日記はお勧め。などと書かれていた。でもなぁ。日記とかめんどくさいしなぁ。

集中して読んでいたので声を掛けられても気づかなかった。

「よ・み・よ・み」

ハスキーボイスが耳許（みみもと）で聞こえて、肌がぞわりとした。びくりと背筋を伸ばしてしまい、慌てる。心臓に悪いったら。

振り返ると、モトモトコンビがいた。

「ああ……。岡本（おかもと）さんと、坂本（さかもと）さんでしたか」

「やあ」

「はろはろぉ」

「急になんですか。びっくりさせないでください」

「あっちのほうからここに来るまで――」

「あっち」と言いながらラウンジの入り口を指さし、その指を「ここ」と言いながら、わたしの目の前のテーブルまでもってきた。

「――何度も声を掛けたんだよ」

言いながら岡本さんはわたしの右隣に、坂本さんは左隣に座った。いつもの位置だ。

「それは……失礼しました」

「読書中ではしかたないさ。はい、これはよみよみのぶん」

岡本さんが、コトンとテーブルの上に自販機で買ったらしき飲み物のカップを置いた。

真っ黒な液体と香りから――。

「よみよみは、いつも『砂糖抜きのコーヒー一杯』だよね」

「ありがとうございます。一一〇円でしたっけ？」

財布を取り出そうとして止められる。

「おごりおごり。次におごり返してくれればいいから」

「……ありがとうございます。いただきますね」

「そうそう。よみよみも素直になったね」

これくらいで素直になったとか言われても。わたし、そんなにふたりに出会った頃って素直じゃなかったかな？　それにしても、いつの間に飲み物の嗜好までこのふたりにバレているのか。岡本さんは紅茶を、坂本さんは両手にホットの……香りからするとココアを抱えてふうふうと息を吹きかけている。猫舌らしい。

「ところで、申し訳ないことにちらりと中身が見えてしまってね。面白そうな本を読んでいるなぁ」

「んん？　そなの？　なになに？　なに読んでるの、栞ちゃん」

わたしは溜息をついた。間が悪いとはこのことだ。伏せていた本を持ち上げて閉じる。閉じる前に見ていたページの片面イラストが目に入った。脳に大きなハートの矢が刺さっている。ああ、これが見えちゃったのか。しかたないな。表紙にカバーを掛けておいても、バレるときはバレる。

「まあ、面白いですよ。真実かどうかはわかりませんが、読み物としては楽しいです」

言いながらカバーを外して見せる。こういうのは下手に隠すほうが後々まで詮索されるものだから。

「『男女の科学』？　どんな本なの？」

坂本さんが問いかけてきた。

「四十年ほど前に男女の脳にはちがいがある、という説が流行ったことがあって」

「へー。差なんてあるの？」

「どうでしょう。研究としては今ではあやしい部類になるのかも。否定している結果もあるって、ここにも書いてありますし。じゃ、今はどんな男女の差があることになっているか、とか。それは何に起因すると思われているか、とか」

「遺伝なのか、環境なのか、とか？」

岡本さんが補足してくれる。そうそう。

「そういう過去から現在までの蘊蓄から始まって、基本的には心理学にもとづいて書いてあるみたいですね。まあ、後半、いきなり男女の恋愛観の差にまですっ飛ぶところがちょっとアレでしたが」

そんなところを知りたかったわけじゃなかったんだけど。

「恋愛観の差って、どんなの？」

「ここでは古いラブソングが引用されてますよ。男性というものは最初の恋人になりたがるもので、女性は最後の愛人になりたがる――っていう歌があるらしいです。男女の求める恋人像のちがい、みたいな話でしょうか」

「ユーミンだあ」

「そうなんですか？」

で、それって誰でしょうと尋ねたら、肩を落として嘆かれた。しかしわたしは古いJ－POPには詳しくないのだ。坂本(さかもと)さんの言葉が正しいのかどうかわからない。まあ、誰の歌かはここではあまり重要ではなくて、そういう男女の恋愛観の差が本当にあるかどうかということだ。

「ふーん。差があるの？」

「どうでしょう。ただまあ、男女かどうかに拘(かかわ)らず、ひとはそれぞれですからね。結局のところ、他人と自分には差があるものとして、相手を簡単に理解できると思ってはいけない。対話を積み重ねる、というのが大事なのではないでしょうか」

「おー」

「と、書いてありました」

「あー」

「たしかに男女に限らないかもしれないね。コミュニケーションは繊細な作業だ」

なにやら思う処(ところ)ありそうな顔でそう言いながら岡本(おかもと)さんは立ち上がった。

「そろそろ午後の授業が始まる。行こうか」

三人とも、午後一の授業は「文学概論」だった。わたしたちはラウンジを出て三階にある教室を目指して歩きだした。

隣を歩きながら坂本さんが言ってくる。

「栞ちゃんがそんな本を読んでるってことはぁ。狙ってる男でもできたん？ それとも彼氏と上手くいってないとか？」

だからそのニヤニヤ顔はなんなのか。

「知識として学んでおきたかっただけです」

「言い訳としては悪くない」

「まあ、栞ちゃんは真面目でおしとやかな文学少女だしねぇ」

中身は部屋の片付けもできない下ネタ好きのオヤジですけどね。

ちがうんだけどなぁ、と思いつつも、わたしは特に指摘しなかった。本が好きというのは事実だし、思いたいように思えばいいと思う。人々の求めるロールに従っていれば摩擦なく世界は歩けるのだ。

「でも、彼氏がいるわけじゃないならよかった」

不意に坂本さんが言った。

よかった、とは？

首を傾げつつ坂本さんの次なる言葉を待つ。

「週末に合コンに誘われててぇ」

なるほど。それがわたしをラウンジまで探しにきた理由ですか。

坂本さんは、映画愛好会（撮るほうではなく観る専門）の繋がりで出会った他校の男の子たちと合コンをするらしい。五対五の合コンの予定で、いまはメンバー集め中。美人がいるとイイ男が集まりやすいから、是非参加してほしい、と。

「岡本さんではダメなのですか？」

「もうお誘い済み！」

岡本さんが肩をすくめた。すでに誘われていたらしい。

まあ、美人と言われて悪い気はしないけれど、わたしがおふたりに比べて特別に美人という気もしないし、映画好きでもない。それに、お堅い文学少女という存在は合コン向きではないんじゃ……。

「本ばっかり読んでいるような女でもいいんですかね」

坂本さんがふるふると首を横に振った。

今でも「文学少女」は根強い人気なのだと熱弁されてしまった。ああ、いや、わかりましたから。行きますってば。

あまり興味はもてなかったけれど、是非にと頼まれると拒めなかった。

わたしは摩擦なく世界を歩きたいのだ。周りとの衝突は望むところではない。面倒ごとは苦手だ。

外見の印象から「おしとやかそう、おとなしそう」と勘違いされてもそれをことさら訂正はしなかったし、何なら期待に応えるような言動をすることが多いのは、そのほうがわたしの周りの世界は、きれいに回りつづけると思っているからだった。

周りとぶつかってでも通したい我があるわけでもないし。

「詳細はまたあとでLINEで送るね！」

坂本さんがそう言って微笑んだ。

「はい。お願いします」

「ふふ。栞ちゃんが来るのかー。楽しみ！」

「ご期待に添えるよう、がんばります」

「がんばるところがちがうと思うけどなぁ」

ぼそりと岡本さんが言ったけれど、どうしろと。岡本さん、たまにわからないことを言う。誘ったのはそちらですのに。


大学の授業が終わると今日もバイトなので電車で移動する。

早く到着したので売場をふらふらしていると、覚えのある人物を見つける。ブレザーの制服を着た高校生男子——浅村君だ。

わたしは彼のお世話係を命じられている。

なんとはなしに浅村君のいるほうを眺めていると、彼は丁寧に棚を眺めながらこちらのほうへとやってきた。わたしのことなど目に入っていないようで、熱心に海外文学の棚を漁っている。おっと、あれはハードカバーの翻訳海外SF。ずいぶんとぶ厚い。やはり睨んだとおり浅村君はけっこうな本好きのようだ。まあ、書店をバイト先に選ぶくらいだしなぁ。

あまりじろじろ見ていてはストーカーになってしまうから、常識の範囲内での観察に留(とど)め、わたしは適当なところで視線を外して事務所へと向かった。

歩きながら考える。そういえば今日読んだ本には、他者とは対話を積み重ねて理解を深め合うことが大切だと書かれていたのだ。しかし、わたしはまだ浅村(あさむら)君とろくに話したこともないし、そもそも彼が翻訳海外ＳＦを読むことも知らなかった。ふむ。相手に心を開かせようと思ったら、自分が何を喋(しゃべ)るかではなく、相手に何を喋らせるかを考えるといい――かもしれない。

幸い彼もわたしも本好きだ。読書という共通言語があるのだ。まずは好きなジャンルについてでも話してみようか。

入りの時間になったので着替えを済ませてレジに立った。シフトで入っているのは四名で、そのうちのふたりがわたしと浅村君になる。

しばらくして店長にまたも呼びつけられて命じられた。

「今日はお客さん少なくて余裕あるし、浅村君に売場を教えてあげて」

了解の返事をしてから、わたしは浅村君を伴ってまずは文庫の棚へと連れていった。

昨日は本の種類ごとしか教えられなかったから、今日は彼に担当してもらおうと思っているコミックと文庫を中心に教えよう。どこの棚にどんな出版社のどんな種類の本が置いてあるか、というあたり。

……と思ったのだけど、浅村君はすでに棚の配置をかなり正確に把握していた。

これには驚いてしまう。

「いつ覚えたの？」

「えっと。先輩がそうしていたので。売場を見ながら歩いて覚えたんです」

そう小さな声で答えた。

「……わたしがなにをしてたって？」

「俺、先輩のことを見かけたことがあるんです」

「げ」

思わず声が出た。

わたしの呻き声に浅村君は小さく首を傾げた。

「な、なんでもないから。ええと、見かけたって、この店で？」

「はい。この――」

言いながら、彼が指さしたのは文庫の棚に貼ってある横長のプレートだった。いま指さしたところには『ライトノベル・MF文庫J』と書いてある。

彼の指さしたようなプレートは棚を横から見たところにも貼ってある。本というものは文庫とかコミックスとかの形状からくる分類だけではなく、出版社のレーベルごとにも分かれているのだった。『文庫・角川』とか『ライトノベル・MF文庫J』とか。

「――レーベルの名前を小声で口に出しながらぐるぐると棚の周りを回っていたことがあ

りますよね。もうだいぶ前ですけど」

それは確かにわたしだ。バイトを始めた頃だから、ちょうど一年前くらい。まさか見られていたとは。

「なんか妙なことをしている店員さんがいるなって当時は思ってたんですけど、あれは棚を覚えようとしてたんですね。で、俺もあれくらい真面目にやらないと駄目なのかなって思って」

「あー……」

ふつうのひとは真面目だからと受け取るわけか。

わたしにとってそれは真面目だからではない。はじめに棚とそこにある本をぜんぶ記憶してしまえば、のちのち本の整理をするときに便利だろうと思ったのだ。本質的には家の本と同じ。わたしにとっての整理とは、どこに何があるかを把握しておくこと。ぜんぶ覚えてしまったほうが楽というだけ。

「昨日、お店の中を案内してもらったときに、どこに何の本があるかを知ってないと、と言われましたし。先輩もああして覚えたのかなって。だから今日はシフトの時間より早く来てひとまわりしました」

「単なる海外ＳＦマニアじゃなかったか」

「え？」

「なんでもない。すごいなって思っただけ」

初めてのバイトで無理してるのかもしれないけど。とはいえ、知り合ったばかりの相手に、無理してない？ などと突っ込んで訊くこともできず。

「ええと、じゃあ、この表紙の本はどこのレーベルかわかる？」

平置きの文庫を手にしてレーベルを見せずに訊いてみる。

「ファンタジア文庫です」

「こっちは」

「電撃文庫」

ほほう。わかってるじゃない。

表紙だけ見てどこが出している文庫かをすらすら言えるひとはいないんだよ？ 浅村君はどうやらライトノベルに関してはメジャーレーベルの表紙をほぼ覚えこんでいるようだった。これは逸材かもしれない。

同じことを棚を移動してやってみると、ミステリや時代劇はすこし怪しかった。コミックはまあまあ。さすがに少女漫画やレディコミは無理のようだ。

でも、バイトを始めたばかりなのだから充分で。

「この調子だと、浅村君にはすぐに棚の整理をお任せできるかもしれない」

そう言ったら、ぺこりと頭を下げた。それから——。

「あの。そこまで気をつかわなくて、いいですから」

ぎくりとなる。

「なんのこと？」

「いえ。ええと、俺、後輩なんだから、そんな丁寧語で接してくれなくても……」

そう言いながら視線を逸らした。

なんてこった。わたしが気をつかってるのがバレている。

浅村君のことを、表情硬いし、緊張してるのかなと思っていたけど、どうやらわたしも人のことなんて言えないようだ。それもそうか。わたしのほうだって、後輩なんてできたの初めてなんだし。

困った。浅村君の硬さをほぐそうとしているわたしのほうが緊張を読み取られてしまうなんて。『男女の科学』の読み込みが甘かったか？　いやあれは、どのみちそういう本じゃなかったか。序盤はともかく、中盤以降は恋愛にひたすらこじつけた本だった。

そも、相手は四つも年下だ。どう考えても、もっと先輩らしい余裕がほしい。浅村君はしっかりしてるのかもしれないけれど、後輩君なのだ。そう後輩君。しっかりそれを頭の隅に置いておこう。浅村君は後輩君、後輩君、後輩君後輩君後輩君後輩君……。

「あの？」

「なに、後輩君」

あ。

「へ？　あ、俺のことですか」

「え、ああ。うん。そう」

「で、次は何をすればいいんでしょう」

どうやら不自然だとは思わなかったらしい。やれやれ。

「ええとそうだな。じゃあ次はレジ打ちを教えてあげよう……浅村君」

「わかりました」

それでレジの空き具合を見てレジ打ちも教えた。イマドキの勘定業務は、電子取引の決済があったり、商品の梱包があったりと、煩雑で複雑なのだけれど、浅村君は一度話しただけですぐに慣れてしまった。かなり物覚えがいいなぁと感心する。

バイトあがりの挨拶を告げにいったとき、店長に尋ねられる。

「浅村君はどんな感じ？」

「素直でいい子です。ただ――」

言おうか迷った末に、結局は口にする。

「ちょっと真面目なのが気になります」

というか、ものぐさなわたしから見ると真面目すぎる。

なにげないわたしのひとことをきっかけにして、翌日のバイトの出を早めて店内の本の配置を覚えこもうとしたこともだし、レジ業務への熱心すぎる取り組みもそう。高校一年の初バイトとは思えない。

けれど、店長は「真面目なのはいいところだろう」と言って微笑んだ。店長曰く、浅村君が通ってる高校はかなりの進学校らしい。だからじゃない？　と言う。進学校だからといって真面目人間ばかりとは限らないと思うのだけど。

というか、真面目すぎる、と心配しているわけで。真面目というのは融通がきかずに無理をしがちということでもあるのだから。なんとなく彼はいつもどこか窮屈そうに見える。たしかに真面目なのはいいこととされている。けれど、わたしはそれが報われるとは限らないことも知っていた。

自分の好きなことを抑えすぎていないだろうかと心配になる。

記憶の向こうのあのひとは、真面目なゆえに無理をして、好きを抑えたままで突然に死んでしまったから。

電車から降りて自宅まで歩く。

バイトの終わる時刻は遅い。けれど東京の夜は明るいから駅からひとりでも平気だった。

歩きながら今日のことを振り返る。バイトの後輩君は帰りがけに「お先にあがります」ときちんと挨拶をしていった。礼儀も正しい子だった。

真面目で礼節を弁えていて賢い。けれど、どこか他人を寄せつけない雰囲気がある。壁があるというか、距離が遠いというか。世話をしてくれと店長から頼まれたけれども、あも素っ気ないと取り付く島がないといいますか……。ううむ。

考え疲れて溜息をひとつ零してから空を仰ぎ見る。

「東京は空が狭いなあ」

実家のあたりは四階以上ある建物なんぞ滅多になかったのに。高い建物と建物の間の隙間を埋めるように黒い空が見えている。星はない。街灯やいまだ点ったままのビルの明かりのほうがまぶしいからだ。瞳孔は明るいほうに調節されてしまう。

びろうどのような黒い小さな空を見つめていると不意に息苦しさを感じた。

三年前までは田舎暮らしのほうにむしろ息苦しさを感じていたのに――。

なんでわたし、東京にいるんだろう?

深く沈む想いは、わたしを高校三年まで過ごした慣れ親しんだ故郷へと誘う。

――わたしには歳の五つ離れた兄がいた。

兄はとても真面目な人間で、遊ぶこともせずにたくさん勉強して、常に成績上位をキープしつづけて、県で最上位の偏差値を誇る私立中学への入学も果たした。妹としては遊んでもらえなかったりして不満なことも多かったけれど、努力して目的を達成している姿を素直にカッコよく感じ、尊敬していた。

幼い頃――小学校低学年の頃のわたしは女らしさの欠片もなかった。ひとことで言えばトム・ソーヤでありハックルベリィ・フィンだった。田んぼの畦道を走り回り、森に入っては虫を獲る。蛙も蝉も甲虫も怖がらずに追い回した。遊び相手は男の子が多かった。秘密基地を作り、捨てられた炭火小屋を探検した。夏の日が昇って沈むまで外にいるから焼けた肌は浅黒かった。

あの頃のわたしが今のオヤジ気質の根底にある気がする。

遊びまわってたわたしが、それでも学校の成績をまあまあ維持できたのは、遊び相手にはなってくれなくても、兄がときどき勉強を見てくれたからだった。

兄は教えるのが上手だった。

小学校の五年生を越える頃。

生理の始まりのあたりを境にして男女の性差が明らかになる。男の子たちに力では敵(かな)わなくなったわたしは、彼らと遊ぶ時間も減って、そしてそのときには女の子の友達は居なくなっていた。次第に家に籠るようになった。

浅黒かった肌は白くなり、適当にしていた髪は手入れとともにつややかな黒色を取り戻した。

読書を嗜(たしな)むようになったのもその頃からだ。

わたしは見つけてしまった。

兄の部屋にはわたしの知らない世界が眠っていた。

押し入れの奥、段ボールに宝物のように詰め込まれていた数多(あまた)の本たち。

真面目で勉強ばかりに見えた兄の唯一と言っていい趣味が読書だった。読み終わった端(はな)から買うので部屋からは溢(あふ)れそうになり、かといって捨てられもせず、そして積んでおくと読んでしまうからと、兄は読んだ端から段ボール箱に突っ込んでいた。

それをわたしは見つけてしまった。

「これなあに？」

尋ねるわたしに兄は苦笑を浮かべて「読みたいなら読んでもいいよ」と言ってくれた。

兄はとりわけ推理小説、いや探偵小説が好きだった。

それも古い翻訳もののミステリが。

隅の老人から始まって、定番のホームズ、ポワロ、マープルを読み、エラリー・クイーンとフィリップ・マーロウを駆け抜けて、コーデリア・グレイに至るまで何でも網羅的に読んでいた。

押し入れの奥から見つけてしまったわたしに、勉強を邪魔しないならここで読んでもいいよと兄は言ってくれた。

机に向かって受験勉強をしていた兄の傍らに座り込み、わたしは兄の宝物たちを読み耽ることになった。当時のわたしには、ハードボイルドの良さはわかりにくく、ホームズのような名探偵のほうが好きだった。

県下一の高校へと進学していた兄は、高校生活も勉強漬けで過ごし、そのまま東京の大学を目指していた。

わたしは変わらず兄の傍らで本を読んでいた。

けれど――。

兄は、高校三年の冬に事故に遭い――帰らぬ人となってしまう。

わたしが中学一年の冬のこと。

ひときわ寒さが厳しく、雪の降った日の朝だった。

東京の大学の受験を終え、家へと戻ってくる最中。駅から家までのわずかな距離を歩いていて、スリップした車に巻き込まれた。チェーンも巻いておらず、スタッドレスでもなかった車は皮肉にも兄が通おうとしていた都会の車で、急に降った雪道を走ることなど考えてもいなかったらしい。

田舎から都会へと出ようとしていた兄は、都会からやってきた自動車に命を奪われたのだった。

病院へと家族が駆けつけたときにはすでに兄の意識はなかった。

事故の現場は子どもの頃から何度もかよった道で、病院へと急ぐわたしたちが通り抜けたときには、雪がすべてを覆って事故の跡さえ隠してしまっていた。兄の存在が自分たちの前からふつりといきなり消えてしまったことを暗示するかのように。

受験の合否が出る前のことで、兄は自分の人生のほとんどを費やした勉強の結果が実ったかどうかさえわからぬまま、この世を去ってしまった。

家族の誰も届いた合否の手紙を見なかった。

兄は真面目だった。受験に真摯に向き合い、好きな本を読むことも我慢して頑張っていた。けれど、その成果を見ることもなく世を去った。それは結果が報われなかったことよりも虚しい。

兄の集めていた本はどれもみな素晴らしく面白かった。あれだけの本を、勉強を優先して読まずにいることなんて、わたしにはできない。よほど無理をして我慢していたのだろうに……。

楽しんだり息抜きしたりすることを抑えてまで真摯に取り組む意味はあるのだろうか。

わたしはそんな考えにとり憑かれた。

それから四年ほどが過ぎてわたしは高校三年になった。

兄が死んだ歳になると、わたしは家のなかで息苦しさを感じるようになった。

あの頃の、部屋に籠ってひたすら勉強していた兄の姿がまぶたの裏にちらつくようになった。

そんな夏のある日。

そろそろ受験先を決めなければならないのに、いつまでも志望校が決まらなかったわたしは、早く提出しろとの担任からの連日の催促に疲れ果てていた。たまたま早く帰宅したその日、わたしは久しぶりにふらりと兄の部屋に入った。四年前から、部屋は母が時折掃除するだけで何ひとつ手を付けていない。そのままで。

部屋の真ん中でしばらく立ち尽くす。

窓の外、ゆっくりと日が暮れてゆく。

カーテンを開けると茜雲が西の空を覆っていた。目に鈍い光を投げかけてくる。赤い光が窓ガラスを越えて差し込んでいた。振り返ると、自分の影が押し入れの襖に落ちていて、小さな子どもが立っているように見えた。

わたしはふと思い立って押し入れの襖を引いた。奥からあのときのままの段ボール箱を引っ張り出して開ける。色褪(いろあ)せてしまった本たちが久しぶりに触れた外の空気にこっそりと安堵(あんど)の息をついたように感じた。古い翻訳小説たちは、当時から地味目な装丁だと思っていたけれど、今見ると歳月を経てさらに古めかしく映る。

ところが、本を一冊ずつ取り出していくと、奥底のほうに比較的きれいな表紙の本が隠れていた。

『幽霊惑星の騎士』

ハードカバーの翻訳小説だ。あらすじを見ると、兄には珍しくどうやらSFのよう。冷凍睡眠から主人公が目覚めるところから話が始まるようだ。

ぱらぱらとめくっていると、半分ほどのところに挟まっていた栞(しおり)がはらりと落ちた。

わたしは慌ててページを押さえる。

栞を元の位置へと差し込んだ。

思い出した。わたしはこれを五年前に見ている。

兄は七〇〇ページ近いこのぶ厚いハードカバーを受験間際に買ったのだ。ただ、あまりにぶ厚い小説だから、このまま読んでいたら勉強がおろそかになると言って、誘惑を断ち切るために目に入らないよう段ボールの奥底に隠したのだった。受験が終わったら一番に読むのだから、この本だけは先に読まないでくれと念を押されたっけ。

だから兄は栞の位置までしか読んでいない。あのひとは結局は小説の結末も見ることができなかった。人生という旅路はいつだって唐突に断ち切られるもので、悔いがないなんてことはありえない。

ひたすらに勉強だけに人生を捧げていた兄は、楽しみにしていた本も読みきれずにわたしたち家族の前から消えてしまった。父は肩を落とし母は泣いた。

取り出した本たちを元に戻すと、栞を挟んだままの一冊だけをわたしは手に持った。

部屋を出る前にもう一度だけ振り返る。カーテンを閉めた部屋はもう薄暗く、主の居なくなった椅子が齧りついていた机の前でぽつんと佇んでいる。

わたしは東京の大学へと進学することを決めた。

そうして兄の残したぶ厚い一冊の本だけを抱えて都会の街に引っ越したのだ。

ベルの音にわたしははっとなる。

ブレーキのかかったタイヤが路面を擦りつける音を響かせ、わたしの体のぎりぎりを掠めて自転車が追い越していった。体が竦み、驚きに心臓が跳ねる。一瞬だけ振り返った男がわたしを見て気をつけろと舌打ちをしてから去っていった。

ばっかやろ。そっちこそ歩道を走るんじゃねぇ。

思っても言葉は出なかった。わたしはしばらく胸を押さえて凍りついたようにその場で立ち尽くしてしまう。

溜息をついてから歩みを再開した。

兄が事故で亡くなったのはわたしが中一の冬だった。今が大学二年の春だから、あれからもう六年と半年近くが経(た)つ。遺影を見なければどんな顔をしてたかもよく思い出せないほど面影も微(かす)かになってしまったのに、今でもわたしは自動車や自転車のタイヤの軋(きし)む音が苦手だった。その場に居たわけでもないし、そのときのようすを聞いたわけでもない。それなのに音で兄の事故を思い出してしまう。

マンションの部屋に戻り、着替えをしているときにふと姿見の中の自分と目があった。小学生のときの男の子みたいだったわたしはそこにはもういない。おとなしそうで真面目そうな大和撫子(やまとなでしこ)が鏡の中に立っていた。そういう印象を持たれがちなのは生まれ持ってのこの黒髪と顔立ちのせいでしかない。内面は外面には引っ張られなかった。

それは冷静に他人の――例えば母の――視線をもって部屋の中を見渡せばわかる。山積みとなった本で床は見えないし、服は脱ぎ散らかしたま……いやいや、さすがにそれはちゃんと片付けてますとも。

見えない誰かに言い訳しつつ、わたしはクローゼットを開けた。

数は多くないものの、当世の女子大生らしい服を持っていないわけじゃない。

丈の短いスカートとか。

ワンショルダーのトップスとか。しかもお臍(へそ)の見えるようなやつ。付き合いで買ったけれど一度も袖を通してない。しっかしオフショルダーならまだわかるが、片方の肩だけむき出しになるワンショルダーって服は、いったいどこを目指しているファッションなのかねぇ。半端に寒いのだが。

ハンガーから降ろして試しに羽織ってみる。

……死ぬほど似合わない。

鏡の中の自分が苦笑していた。

この服だと、顔立ちと髪型もがっつりいじらないと似合うようにはならないよなぁ。

でも流行のメイクとかを試そうとしたこともあるけど、微妙にしっくりこなくて、ああ自分の顔は典型的な日本人顔なんだなあと思った。人生は有限。似合わないファッションを試して事故ってる余裕はないよね、とわたしは鏡の中の自分へと言い訳をする。髪を編んだり染めたりとか面倒くさいしさ。

部屋着に着替えてクローゼットを閉めた。

夕食を求めて冷蔵庫を漁(あさ)る。

何もなかった。

しまった。だから今日はバイト帰りに買いだめしてこようと思ってたのだ。忘れていた。深夜まで開いている店は限られているのに……。だめだ、もうコンビニぐらいしか開いてない。

溜息(ためいき)をついてから音声で携帯のリマインド機能を起動させる。

「明日の夜。食材確保」

これで七時にはリマインドの通知が来る。

やはり自分の記憶なんて当てにしちゃいかんのだよ。わたしはアリンコなみの記憶力しかないと肝に銘じるべき。

だが、明日以降はこれでいいとして、今日の夕食をどうしよう。

カップ麺がひとつ残っていたのを思い出した。

沸かした湯で麺を温めている間、自分の部屋をぼんやりと眺めていたわたしは、一冊の本に目を留めた。兄が読みかけのまま亡くなった海外翻訳小説『幽霊惑星の騎士』だ。まるで遺影のようにカラーボックスの上に写真を立てるように置いてあった。わたしは久しぶりに手に取った。読んではいない。読む気になれなかったのだ。お守り代わりにただ飾ってあった。

わたしは初めて頁（ページ）を繰る。

序章どころか、一頁目の献辞から目次までじっくりと目で追いかける。

兄が大切にしていた本だ。兄が読み終えることが叶（かな）わなかった本だった。

汁が本に跳ねるのは避（さ）けたかったので、カップ麺を食べ終わり、砂糖抜きのコーヒー一杯を用意してから本文を読み始めた。

あらすじにあったように主人公が見知らぬ場所で冷凍睡眠から目覚める。

起きてみると近未来感あふれる都市には誰も居なくなっていて、たったひとりで消えた都市の人々を捜して街をうろつくことになる。

そんな主人公の前に、決まった時刻にだけ幽霊のように忽然（こつぜん）と都市の人々が現れる。

けれども現れた人々は、まるでそこにひとなど居ないかのように主人公を扱いつづけた。

どうやら彼らには、少年は気味の悪い影法師のように感じられているようだった。そこに「ある」と意識できるものの、ひととしては認識できず、気味悪がって避けてすれ違っていく。まるで幽霊に出会ったかのように。

少年が人々に声を掛けても無視され、手で触れても化生の類に触れられたかのように怯えるだけ。

まるで少年の周りに、干渉できないもうひとつの世界が重なり合っているかのよう。

わたしは、次第に主人公に感情移入してしまい、自分も世界の中でひとりぼっちになった感覚を覚えてしまう。

通りを行き交う群衆の中で孤独を嘆き主人公の少年はうずくまるように座り込む。

見えているのに触れ合えない人々を黙って見つめている。

そのときひとりの少女が立ち止まる。

栗色の瞳を大きく瞠って主人公を見つめると、明るい色の靴を鳴らして近寄ってきて不思議そうに声を掛けてくる。

あなた、こんなところで座っていると風邪をひいちゃうわよ？

いつの間にか都市の上空には雨雲が立ち込めていて、銀の糸が辺り一面に降りていた。

雨の檻の中で、ぽん、と少女が虹色の傘を開いた。

少年の頭上に差し掛ける。

ほら、これ貸してあげるから。

少女の差し掛けてくれた傘のなかで少年は顔をあげる。

見上げる少女の頬は桜色で、好奇心に満ちたよく動く榛色の瞳の中に、雨にうたれて打ちひしがれていた自分の顔が映る。

ほら。受け取って。

君が濡れてしまうよ。

家はすぐそこだもの。貸してあげる。でも、返してくれなきゃいやよ、この傘はわたしのお気に入りなの。

傘を押しつけて去っていく少女の後ろ姿を少年はいつまでも見送っていて。

気づいた次の瞬間には雨はあがり、街からはひとの姿が消えていた。

少年の手に虹色の傘だけを残して。

このとき少年の心に初めて再び少女に会いたいという、生きつづけるための動機が生まれたのだ。

次第に話に引き込まれてわたしは読み耽った。

ゆっくりと読み進める。

ようやく探し出した少女は、その都市に住む世界政府の要人の娘だと判明する。どうやら少年は都市の人々が現れる数時間の間、彼女とだけ触れ合うことができるらしい。

少年は一日のうちで数時間だけ会える少女に次第に惹かれていく。

だが彼のほうからは彼女のいる世界に対して干渉できない。

目の前に現れる人々と主人公とは幽霊と人間のような関係にあった。

どちらがどちらかはさておき、同じ都市に住んでいるように見えて、互いに干渉し合うことができない。

諦めかける少年は、ふと思い出す。あのとき傘をやりとりできたのだから、何か彼女とやりとりする方法は絶対にあるはずだと。幽霊の住む星と化した世界で、少女を救う騎士となるべく少年は——。

「あ、あかん。さすがに眠い……」

七〇〇頁はぶ厚くて、栞の位置まで辿りついたところで眠気にも負けた。そのままベッドにころんと横たわる。

まぶたを閉じる前に栞を挟み込むのが精一杯。

栞に印刷されていた文が目の端に引っかかる。

『Goethe sagte neulich einmal:《Man reist ja nicht, um anzukommen, sondern um zu reisen.》』

第二外国語でドイツ語を選択していたわたしは覚えたばかりだったから、目の端に引っかかっても読み取れた。これ「誰々は言った」みたいな文章だ。Goetheは……ぎょ、ぎょえて……じゃなくて、ええと見たことがあるぞ。ゲーテ……。ああ、これは「ゲーテ曰く」とかそういう文章だな。ゲーテはドイツの文豪で……。眠い眠い眠い……。

古ぼけた栞は端のほうがもう掠れていたから、兄はどうやらこの栞がお気に入りで使い回していたようだった。

そのまま意識を手放した。

夢の中でわたしは小説の主人公になっていた。

まあ、どう見ても周りの街の風景は渋谷だったけどね。わたしの近未来感は渋谷止まりだったようだ。

わたしは渋谷の雑踏の中で幽霊な人々とすれちがいつづけていた。


週の終わりの金曜日。坂本さんに誘われた合コンの当日だ。

渋谷駅の改札から出てすぐのところに立ちながら、わたしは内心で頭を抱えていた。

まいったなぁ……。

まさか合コン会場がセンター街のお店になるとは。

しかも、待ち合わせ場所がハチ公口改札前ときた。

ここから見て、スクランブル交差点の向こう側にある細い通りをセンター街と呼ぶのだが、そこはもうバイト先の書店のすぐ近くなものだから、職場の人に見つからないといいなぁと思う。

合コンしてるところなんて見知った人には見られたくない。具体的にはバイト先の先輩方の幾人かの顔が浮かぶ。あの人たち休憩時間の間ずっと、他人の恋バナばっかりしてるもんなぁ。ああいう人たちに見られたら、陰で何を言われるかわかったものじゃない。

なんて考えていたら、さっそく見知った顔と出くわしてしまった。

浅村君だ。改札を抜けてくる人々の中に彼の顔を見つけた。

目の前を通りすぎるときに不意に顔を向けられて目が合ってしまう。「あれ？」と声をあげて立ち止まってしまった。

こうなると無視もできない。

店にはちゃんと事前にシフトの変更と休みを申請してあるからサボりではない。だが彼はこれからバイトだ。つまり教育係であるわたしが居ない状態で浅村君は心細く仕事をしなければならないわけで。倫理上の問題はなくとも、心理的には心苦しい。

「や、浅村君。こんばんは。あははは」

その心苦しさが声に乗ってしまった。けれど、浅村君はそんなわたしの対応にも普段どおりに話してくる。

「読売先輩、こんばんはです。そうか、今日はお休みでしたね」

「あ、ああ。うん。そうそう」

何がそうそうなのか。

もうちょっとましなこと言えないのかわたし。

「ええと……。浅村君。教育役を仰せつかっているのにわたしが不在で心細いかもしれないけど――」

正直、浅村君ならもうわたしの助けを必要としていない気もするけど。

「——わからないことは店長に訊いたら対応してくれるから！　その……今日は助けてあげられなくてごめんなさい」

「いえ、そんな頭を下げないでくだ——あ」

ちょうどそのときだった。浅村君がわたしの背後を見て声をあげたのだ。

わたしは釣られて振り返る。

通りの先、ビルの上にある屋外モニターで新作映画の宣伝映像が流れだしていた。

それは最近話題になっているハリウッドSF映画だった。タイトルにかすかに覚えがあった。ただ、不思議なことに初めて見る映像のはずなのに、何故かその画面にわたしは既視感を覚えてしまう。

傍らに立っている浅村君のことも忘れて、わたしはモニターに見入ってしまって、「こういう映画お好きなんですか」と声を掛けられてはっとなった。

「え……、そうね。でもSF映画はマーベル以外はあまり観ないかも。あれをSFって呼ぶのかどうか知らないけど。……ヒーローもの？」

「MCUはSFに分類したっていいと思いますけど。これ……面白そうですよね」

「そうね……」

でも、この内容ってなんだか……。

たまたま出会ったバイトの後輩君と、渋谷駅前の屋外モニターに映る映画のPVを並んで観て感想を言い合っているってのも何か不思議な気分だった。なんてぼんやり考えていたら、浅村君が妙なことを言いだした。

「売り切れる前に注文したほうがいいかもですね」

「……へ？」

考えごとの腰を折られて思わず妙な声をあげてしまう。どゆこと？

「注文って？」

「この映画『ゴースト・プラネット』の原作小説です。もう残り一冊でしたから。ただ、ハードカバーで七〇〇頁（ページ）もあるから高くて……ただでさえ翻訳書って高いのに。さすがに売れ行きは鈍いですよね」

「ああ……」

ひょっとしてこのまえ海外ＳＦの棚で浅村君が手に取って見ていた本だろうか。

あのときはストーカー扱いされないよう、持ってた本までじっくりとなんて見てなかったんで自信ないけど。

「新版は入荷したばかりですから、先輩も棚に入れるときに見たんじゃないですか？」

「ああ。そういえば……」

やたらとぶ厚い翻訳書が入ってきてたな。帯に『映画化！』って大書された文字が躍ってたやつ……。

そうか、この映画があれか。

「旧版を古本屋で探したほうが少しは安いかもですね。古いし、新刊としてはもう書店に置いてないでしょうし」

んん？　旧版？

「どういうこと？」

そういえば浅村君、さっきなんか言ってたな。新版が入荷したばかりとかなんとか。

あれ？　っていうことは……。

「この映画の原作って、最近の本じゃないってこと？」

「はい。『ゴースト・プラネット』って、原作はもう二十年くらい前に書かれた本ですよ。二十世紀の終わり頃かな。当時はあまり話題にならなかったけど、今回の映画が全米が泣いたレベルのヒットだったもんで、出版社が英語タイトルに戻して新版を出したんです」

全米ってすぐ泣くからなぁ。

「でもヒットしたんだ。ああ。それでタイトル変えたのね」

最近の映画は英語タイトルをそのままカタカナにしたものが多い。でも小説のほうは、翻訳するとき日本語タイトルをつけることがまだまだ多かった。お客さまが日本人なのだから、そちらのほうが意味が取りやすいから。

それで映画がヒットした場合は、英語タイトルのほうが知名度が上がってしまって、翻訳タイトルから英語をカタカナ表記にしただけのタイトルに戻して出版しなおす、なんていうことが起こる。

わたしは訳者が苦労して翻訳したタイトルも好きだけどねぇ。アガサ・クリスティのミステリなんて和訳も素敵なんだよね。

ポワロやミス・マープルを生み出したミステリの女王アガサ・クリスティはタイトル付けの名人だと思う。それだけに和訳も大変だろう。わたしの好きなタイトルだと『そして誰もいなくなった』『鏡は横にひび割れて』『終りなき夜に生れつく』あたりかな。ミステリなのに安易に「殺人」とか陳腐なワードを使わないところがいい。それでいてちゃんと謎めいた雰囲気もあるし。

それぞれ英語だと『アンド・ゼン・ゼア・ワー・ナン』『ザ・ミラー・クラックド・フロム・サイド・トゥ・サイド』『エンドレス・ナイト』ってなるんだけど、こう言われても日本人には何が何やら、ぱっと聞いただけじゃわかんない。

って素敵な和訳タイトルの話は今はおいておこう。そういうのは時間のあるときにじっくりと語りたいものだ。ええとだから――。

「つまり、原作本は別のタイトルでかつて出版されてる？」

「十年くらい前に一度翻訳されてます。面白そうだなって目を付けてたんです。当時の訳題が『幽霊惑星の騎士』で――」

わたしの心臓が驚きに跳ねた。

「え……」

ええと、待って。待って待って待って。

装丁がちがいすぎたし（新版は映画のスチルを使ってた）タイトルもちがっていたから考えたこともなかったけれど、もしかして……？

「……浅村君、その本のあらすじ覚えてる？」

「帯に書いてありましたよ。冷凍睡眠から目覚めた少年が幽霊の住む都市で出会った少女を助けるためになんとかかんとかって」

あー……。

ＰＶに既視感あるわけだ。なんという偶然か。それって、わたしがいままさに読んでいる兄が未読のまま残した小説じゃないか。

「週末からロードショーだったんですね。どうしようかな。観てから読もうか読んでから観ようか……」

どこかのＣＭみたいなことを言っていたが、そこに突っ込んでいる余裕はなかった。

「えっと。浅村君。お願いだから、もし週末にあの映画観てもネタバレ禁止ね」

「先輩も観るんですか？」

「んにゃ、そっちじゃない。いま、原作のほう読んでてさ。その……ネタバレくらいたくないっていうかだねぇ……実は気づかずに旧版ってやつのほうを読んでる最中なのだよ」

「ああ、そうでしたか」

長い積読の時代を経てからようやく読み始めたところなのだ。ここで結末をばらされたらわたしは泣く。

「でも先輩、古い装丁のほうをもっているんですね。いいな」

いいのか？

まあ、映画化された本って、表紙を映画のスチルにしがちだしな。映画を観た人には原作だとわかりやすいんだろうけれど、情緒には欠けるよなぁとわたしも常々……。

「もしかして、読売先輩、小説がお好きなんですか？」

「うんまあ。そう、わたしは文学少女なのだよ。見た目通りにね」

「え？」

え？

そこ、疑問になる？

「先輩って文学少女だったんですか」

「そうだよ。っていうか、そう見えない？　どう見えてる？」

「年上」

「他には？」

「女性」

「他には？」

「うーん。面倒見がよくて、バイトの後輩の世話ができないってだけで謝ってくれる人」

「そりゃ事実を言ってるだけじゃん」

「でも、事実以外に言うべきことってあります？」

ibuya Station

「どう見えるかって聞いてるんだから、相手に対する第一印象でもいいんじゃない？」

「小説だと、たいてい第一印象をひっくり返して進むからなぁ」

……ごもっとも。

エンタテインメントという娯楽の基本は意外性である。如何にも善人として登場して本当に最後まで善人だったら面白くはない。ゆえに読者が持つ第一印象は往々にして物語のどこかでひっくり返される。

確かにそうだよ？　そうなんだけど。

「でも、現実だよ？　相手に対する印象が相手に対する認識になるもんでしょ」

「それが信用おけるならそれでもいいと思いますけど。どうでしょうか。相手の顔にそう書いてあるわけじゃないですし――」

あたりまえだ。自分の趣味嗜好が顔に書いてあったら怖いだろ。便利かもしれんけど。

「だったら、断言できないですから、決めつけるのはまずいですよね。もしかしたら週末ごとにデスメタルのライブツアーに参加してる可能性もあるし、裏山の崖で遺跡の発掘をしているかもしれない」

「その特殊な例えをなんで思いついたか訊いてもいい？　というか、ふつうはこういう染めていない長い黒髪の女性が落ち着いた雰囲気を出していれば、木陰で静かに本でも読んでいそうなイメージにならんか」

「はあ。黒くて長い髪で物静か……ですか。あ、『妖怪ハンター』にいそうだって思います」

「ようかいはんたあ？」

「古典伝奇漫画の主人公の稗田礼二郎氏。黒髪長髪で知的で物静かですよ？」

「漫画のキャラじゃん！　しかも男かよう！」

最初にその人物が思い浮かぶなんて、浅村君の中の黒髪長髪に対するイメージは特殊すぎるだろ！　それならテレビから這いだしてくる黒髪ロングの女性のほうがまだ先に浮かびそうなのに……。

いや、そっちを想像されても困るけど。

「だから、俺の中では先輩に対してとりたてて特定のイメージを持っているということはなかったです。本を読むのが好きと、直接お聞きしたこともなかったですし」

ありゃ？　そうだったか？

「言ったことなかったっけ？」

「ええ」

わたしは浅村君と出会ってからの自分の言動を思い返してみた。むむ。確かにそう言われてみれば、わたしは、自分が本好きであることを一度も彼に語っていなかったような。

浅村君が読書好きであることを当ててみせたことはある。

けれども、それはわたしが同じように読書好きであることを意味しない。

書店でバイトをしていて、蘊蓄を語ることが多くて、相手が読書家であることを推察できる——そういう人物は、かなりの確率でその人物自身も読書家だろうと推測できる。けれど、それはあくまでも推測でしかないのだ。

推測で決めつけたりはしない、と浅村君は言っているわけだ。

「それに、もし本を読むのが好きだとしても、好きにも色々ありますから。というか、本を読んでいると言う人でも、意外と小説は読まないなと。よく聞いてみると、雑誌や漫画やノウハウ本やビジネス書なことが多くて」

「あー、あるねぇ。あるある」

「でも読売先輩は、あのぶ厚いSFを読んでいて、しかもネタバレを気にするということは最後まで読む気なんでしょう？　旧版で読んでいるということは、話題の本だから手を伸ばした、とかではないだろうし」

ふむ。つまり浅村君は外見による思い込みから相手の性格を決めつけることを良しとしない性格だということか。

わたしは浅村君を見つめる。こんな人も居るのか、と改めて。

渋谷の空はそろそろ藍色に染まっていた。

けれども改札口前では、点る照明の明かりで相手の表情までくっきりと見えている。浅村君がわたしを見つめる瞳は曇りなくまっすぐだった。

この子は視線がフラットなんだな――って思った。

好悪を視線に込めない、と言いますか。

そうか、これが彼が真面目に見えてしまう理由か。

期せずしてわたしは、読書という話題を通して彼と対話を重ねることができたのだ。こうしてみると一見、ただの恋愛ノウハウ本にしか見えなかったあの『男女の科学』も捨てたもんではないかもしれない。

浅村君という人物がすこし見えた気がする。

まあ、わかってみると彼は対人関係で苦労しそうだなぁとも思う。融通がきかないというか。いちいち対話の相手と、すり合わせしよう、とか言い出しそうだ。

「先輩?」

「ん? あ、ああっと。ごめん。ちょっと意識がアンドロメダまで散歩に行ってた」

焦って適当に言い返したのがバレたか浅村君が苦笑を返した。

「散歩に行くには、二五〇万光年は遠くないですか」

「一万と二千年くらいあれば行けるっしょ?」

「光速の五〇〇倍で先輩が動けるなら往復できますね」

当意即妙の返答にわたしは内心で喜んでしまう。ああ、こういう返しができる相手をわたしは心地よく感じるんだな。

「なぜ、俺は笑われてるんでしょう?」

「笑ってない笑ってない。君のことを笑ったわけじゃないよぅ。なかなか気の利いた返しをしてくれたから嬉しかったのだよ。いいね。ポイント高しだ」

「まあ、俺のほうも、それくらいフランクに言葉を掛けてくれたほうが気が楽です」

言われて、わたしはぎくりとした。

え？　……あ、あれ？　わたしいつの間にか素で喋ってた？

自分が利用していた物静かでおとなしい文学少女という猫の皮がきれいに脱げてしまっていたことに今さらながらに気づかされる。いったい、いつからだと焦ってしまう。

「そ、そうかな。いつも……どおりだよ？」

「いつもはもっと距離が遠いというか、気をつかった丁寧な話し方をされていましたけど気をつかってるってバレてたのか。

でも――。

「このほうが気が楽ってほんと？」

「はい」

「ほほう」

言ったたな？　言質は取ったぞ。

蘊蓄好きで下ネタ好きのオヤジ気質なんて生き物を許容すると言うのだな？

「では、浅村君の前ではこれからは素のわたしで行くことにしようか。そう、羽織った虚飾を脱ぎ捨てて、あなたには生まれたままのハダカのわたしを見てほしいの」

「誤解を受けそうな発言を平日の渋谷駅前で叫ぶのはやめてほしいですけどね」

「ひどい。何もかも捨てたわたしを捨てるというの？」

「そもそも拾ってないです」

「うん。でも下ネタは拾ってくれるんだな。希少な逸材であることが判明したので、これからずっとこれで行くことにしよう」

浅村君は、何か対応を間違えたかなぁ、とぼそっとつぶやいたけれど、わたしは聞こえなかったふりをした。

「ま、そういうわけだから、観に行ってもネタバレはひとつなしで」

「わかりました」

話を戻し、改めて浅村君にお願いすると、彼はからかわれたことなど気にしたようすもなく快く約束してくれた。

でも、映画も気になるから、さっさと読んでしまったほうがいいかな。

この週末に読み切れるだろうか。

予定が入ってなければ一気に読み進めてしまいたいところだと考えていたら、背中のほうから聞きなれた声がした。

「ああ、こんなところにいた。よみよみってば、ハチ公前は混むんだから、ちゃんと犬の尻尾をつかんでてって言っただろう」

振り返る前に岡本さんだとわかってしまう。

「そんな恥ずかしい真似をしろと言うのは無茶ぶりですよ？」

言いながら振り返る。

改札口から出てきたところらしい岡本さんと、その脇には坂本さんが立っていた。

その後ろには見たことがない男女が数名——たぶん、今日の合コンの参加者だろう。たしか男女五名ずつと言っていたから。

「お話し中だったかな?」

「あ、いえ。たまたまバイト先の後輩が——」

「それじゃあ、俺はこれで。そろそろ入りの時間ですから」

引き留める間もなく、振り返ったときにはもう浅村君の背中はスクランブル交差点を渡るところだった。

ああ、もうちょっと話したかったんだけどなぁ。

まあしかたないか。彼とここで出会ったこと自体がイレギュラーだったわけだし。後輩と有意義な交流ができただけでもよかった。やはり対話が大切なのだ。

わたしは、そのとき自分の中で何が変化したのかを理解せずに、ただ後輩と良好な関係が築けたことだけを喜んでいた。

「ねえねえ。早く行かないと予約いれた時間になっちゃうよ?」

坂本さんがみなを促す。わたしは、集まったメンバーたちと一緒にスクランブル交差点を渡ってセンター街へと向かった。

セッティングされた店はセンター街を数分ほど歩いたビルの上のほうの階にある。

エレベーターで昇った。

店を選んで予約を入れてくれた坂本さんが名前を告げる。幹事でもないのに良い店だからとそこまで世話したらしい。ベビィフェイスなうえ、背はいちばん小さいのに一部から坂本ママと呼ばれる所以である。

通されたのは五人ずつ向かい合って座れるほどの大きさの部屋だ。

間接照明で照らされて明るすぎず落ち着いた雰囲気があって、高級感とまではいかないけれど、居酒屋ほどは気易くはないという塩梅かな。

入り口近くに座る。

ところで大学生といえばコンパばかりしている、という印象をもつ方もまだまだ世間にはおられると思うが、追い詰められて令和を生きるわたしたちに、今やその認識は正しくはない。週に六日遊んで休日というのは遊ばない日である、みたいな昭和の余裕はないのだ。加えて個人の趣味嗜好は多様化している。

なにより遊ぶ時間の有無は大学によるし学部によるし本人の性格による。

理系に進んだ高校時代の友人に言わせれば、実験屋には休みなどない、らしい。まだ二年なのに、毎日試料を百も二百もX線解析にかけないとレポートが完成しねえんだぞ、とビデオ通話越しに涙目で言われても困るけど。

何を言いたいかといえば、現代大学生はおそらく昔ほど始終コンパをしているわけではない。

そんな中ではわたしはバイトをしているから金銭的に若干の余裕があり、まだ忙しいゼミには参加していないから時間にも余裕がある。つまり有閑大学生であることは間違いない。遊び人認定される資格はあった。

けれど——ここからが大事——わたし、合コンは初めてなのだよ。

で、その合コンというものだけど。

まるで集団見合いだな、というのが最初の感想だった。

部屋の中、横に長い机に男女五名ずつが向かいあって座る。

お互いにやや緊張しているのか姿勢が強張っている。

女性側五人はわたし、モトモトコンビとあと二名。その二名は坂本さんの所属している映画愛好会の友人らしい。

男性五人は、ひとりが映画仲間として知り合った他大学の学生という話で、残りはその男性の友人になる。

わたしの席は前に言ったとおり入り口にもっとも近いところ。

対面にいるのは、髪色を明るくした男性だった。ヒヨコみたいな色の髪だ。

耳からはイヤリングを吊るしていて、ライムグリーンのカジュアルなジャケットを羽織っていた。首にはチョーカー、指にはシルバーのリングという、第一印象がこれまた見事なパミスのごときである。ああ、パミスというのは軽石のことね。

上座側から自己紹介をしていったので、もっとも入り口に近い下座のわたしが最後になった。

「こんにちは。今日はよろしくお願いします。読売栞です」

そう言って軽く頭を下げる。

ひととおりの自己紹介を終わらせ、まずは乾杯から。

コースの料理が次々と運ばれてくる。季節の前菜の盛り合わせから始まって、メインディッシュの肉寿司へと進む。スライスしたお肉をネタとしてシャリに乗せてあるやつだ。ひとくちサイズになっていて食べやすかった。肉の種類も豊富で、和牛とローストビーフとチキンとハムと豚バラとベーコンと……お代わりもできるらしい。

なんとも肉々しいお寿司の行列で、見た瞬間にわたしは「茶色い……」と内心で思ってしまい、食べきれるかなと心配になった。

けれど、これが美味しかった。

当たりのお店だ。この店を提案したという坂本さんの舌は確かだね。

とくに和牛の炙り肉は、とろけるような柔らかさと噛みしめたときに染み出る肉汁がシャリによく絡みついて何個でも食べられそう。肉の厚みもあるし。お寿司というか、ひと口サイズの牛丼だね、こりゃ。寿司だというならショウガが欲しい。あと、熱いお茶。

幸せな気分に浸っていると、不意に名を呼ばれた。

「――ってわけでさあ。わかる？　栞ちゃん」

声に顔をあげる。

いきなり親しげにファーストネームで呼ばれたものだからびっくりした。

「あ、はい」

「だよねー」

「ですね」

「そうそう。いやわかってるねえ、栞ちゃん」

「はい」

にこっと笑顔笑顔。で、なんでしたっけ？

いや言い訳をさせてほしい。誘ってくれた坂本さんによれば映画愛好家の集まりということだった。

だから準備してきたのだ。

すこしでも会話に参加してお味噌なわたしでも場を和ませようと、マニアさまの相手もできるよう古典名画のおさらいもしてきた。ミステリ好きなわたしは、一九五四年公開の『ダイヤルMを廻せ！』はレンタルで観ていても、ほぼ同じ時期――一九五二年――に日本での公開だった大ロマンス映画『風と共に去りぬ』は観ていない。名作なのは聞いているが、三時間四十二分はツライのだよ。本にしてくれ、本に！　まあ内容を知りたいだけなら原作を読めばいいんだけど。

それでも一応は話についていけるよう、戦後の白黒名画から現代まで名作映画のあらすじをひととおり予習してきたのだが……。

まさか開始五分で映画の話が終わるとは思わなかった。

わたしの苦労はいったい。

なんで延々と好きな食べ物やお酒やら学校生活やらについてを話しているのか。趣味を語り合って男女が仲良くなる場、というぼんやりとした認識でわたしは参加してしまったのだが。映画の話はしなくていいのか。これは合コンではないのか。これではまるでお見合いではないか。

——だからか。

「あ。ちょっとお化粧を直してきますね」

なんだか疲れた。ひと息いれようとわたしは席を立った。

パウダールームの鏡の前で自分の顔を見つめる。

なんとも詰まらなそうな顔をした女がいた。

これはいけない。断ることもできた呑み会に参加しておいてこの死んだサバのような目つきはヤバイ。しっかりしろ、読売栞。ちゃんと流されるんだ。自分の素を出したときに生じる摩擦を考えれば、流されたほうが気楽だとわたしは知っているはずだった。

外見から想像されるロールからは逸脱しない。そのほうが面倒ごとは減る。

なのになんでこんなに疲れてるんだろう?

「おかしいなあ」

「なーに？　どしたの？」

ひとりごとのつぶやきを聞きつけたように扉が開いてひょいと小さな頭が現れる。坂本さんだ。そのまま後ろ手にドアを閉めてちんまりした体を滑り込ませる。

そして後ろを回ってわざわざわたしの左隣までやってきた。岡本さんが右、坂本さんが左。いつもの位置。今は岡本さんは居ないけど。

「いえ、その……」

「だいじょぶ？」

坂本さんが鏡の中のわたしを見つめながらそう訊ねてきた。

「ご心配をお掛けしましたか。ちょっと御不浄に長居しすぎました」

「そんなには心配してないよ。今日はあんまり話してないなって思っただけ。栞ちゃんはむりやり付き合わせたようなものだしさー」

もしかして、わたしのようすに気づいて、気になったから見にきてくれたということだろうか。

「まあ、世間にしがらみは付いて回るものなので」

「達観してるなー。んー、でもちがうか。栞ちゃんのそれは面倒くさがりなだけだねぇ」

ちくり、と心臓を針で刺された気分になる。

「それ、とは？」

「流されること。軋轢を避けること。空気を読みすぎること」

「だれだって、そんなもんじゃないですか？」

「別にわるいとは言ってないよ。うん。えっとね」

坂本さんはそこまで言ってから不意に話題を変える。

「ここのパウダールームってさ。けっこう広くて助かるっしょ？」

話がいきなりあらぬ方向に曲がったので、わたしは戸惑った。はて、女性用化粧室の話題とどんな関係が？

「たしかに」

お化粧室とは言うものの、安い居酒屋だと、ゆっくり化粧直しができるほど余裕のあるパウダールームは設置されていない。

でもこの店の化粧室は、鏡も大きいし、なによりも広さがある。

飲食店としては、営業時間内にできるだけたくさんのお客さんを店に入れたいわけだから、こういう設備にはあまりスペースを割きたくないはず（そのぶん飲食スペースが減ってしまうわけだから）。珍しい。

「店舗を作るときは初期投資が掛かるから大変だろうけどさ。でも、お酒呑むとトイレ近くなるでしょ。なのに、男女共用のトイレひとつしかなかったりすると、イヤじゃん？」

「あー……たしかに」

「まして、ほら、初対面の男女が仲良くなりましょうって場所としてはねぇ。静ちゃんはそういうのあんまし気にしない人だけど。上に三人も兄貴がいると、男に気をつかわなくなるのかなぁ」

わたしは思わず苦笑してしまった。なるほど岡本(おかもと)さんらしい。

「この店はそういうトコ気にしてくれている。それが、あたしがこのお店を幹事にお勧めした理由でもある。こういうところを削って、そのぶんお客のふところにやさしいお店にすることだって間違いじゃないけど。気安さも魅力のひとつではあるし」

「えっと……?」

いつもふにゃっとした笑みを浮かべている坂本さんがわずかに目を細める。

「栞(しおり)ちゃんさ――」

そこからつづけて言われた言葉に、わたしは不意に息苦しさを覚えてしまう。それは考えることをやめていたことだったから。

「あの、えっと……」

「あー、気にしないで。いまふと思っただけのことだからさー」

絶対うそだとわかったけれど、わたしは「あ、はい」とだけ返した。自分でもなんと言ったらいいかわからなかったし。

そろそろホントに心配されちゃうから、と促され。わたしたちは席に帰った。

戻ると、相変わらず目の前のヒヨコ頭君は元気だった。

「だからさー、ギャルとかサブカルとか女子にも色々あんじゃん? 俺さ、思うわけよ」

テーブルに身を乗り出すようにして語っていたが、わたしが席に戻るとちらりと視線を送ってきた。笑顔笑顔。ええと、なんの話をしているので？

「やっぱ女子は清楚（せいそ）系だなって！」

どうやら好みの異性について語っているようだと見当をつける。しかし、その物言いはまずくないか。君の前に座っている女子たちの顔をよく見たまえよ。ほら、女子たちがいっせいに身をわずかに引いて口を引き結んでいるってば。

「だってほら、素材が良くないとイモくさくて清楚系にはならないじゃん？　だから清楚系になれる女の子は、絶対かわいいんだよ！」

「僕はギャルも好きだけどね。というか、女の子はみんな好き」

「おまえ、節操ねえな！」

隣の男子に叱るように言ったけれど、彼は節操がないんじゃなくて、君のフォローをしたんだと思うよ……。

目の前で自分とちがうタイプの女子が好みだと力説されてもさぁ。

けれどヒヨコ頭君はそれに気づかずに、さらに身を乗り出してわたしのほうへと顔を寄せてくる。

「だからさー、栞（しおり）ちゃんはマジで清楚系の極みだと思うわけ！　奇跡って感じするわ！」

わぁ……ぐいぐいくる。押せばいけると思われてるのかなぁ……。

「わたし、そんなんじゃないですよぅ」

「いやいや。謙遜しなくてもいいって俺わかるから！　だからさ、今どきメイクバリバリとかコテコテに着飾るとか流行んないんだって！ 時代はナチュラル！ 清楚系！ お嬢様！ 栞ちゃんみたいなやつだって、絶対！」

絶対ちがうと思います……。

ナチュラルメイクを化粧しないことだと思ってる男子なんて令和の時代に生き残ってるわけないと思ってたんだけどな。わたしが、がっつり顔を描くことをしてないのは努力を放棄した結果なので。たまたまの見た目を利用しているだけでさぁ。楽だし。

「栞ちゃんさ、趣味は？」

「えーっと――」

「いや待って。当てる！ ――読書！」

そこは「映画」ってことにしておこうよ。映画愛好家の集まりなんだし。その断言は如何なものか。完全に見た目のイメージで決めつけられているのだなぁ。

まあそんなもんだよねと思いつつも、文学少女っていうより、本の虫なだけなんだけどと心の中で訂正印を押してしまう。

けれど、どっちも言葉としては文学少女になっちゃう。その区別なんて世間的にはつかないから正解と言えば正解なんだからしかたない。なのに、嫌な気持ちになってるあたりがめんどくさい女だよなぁ自分、と思う。

「あれでしょ？ 夏目漱石とか芥川龍之介とか太宰治とか三島由紀夫とか、そういうの読んでるんでしょー」

「お詳しいんですねー」

一八六七年生まれの夏目漱石から一九二五年生まれの三島由紀夫までちゃんと年代順に並べているところも予習の成果が表れてていいね。

なんて考えてから、何か覚えがあるなと思ったら、マニアさまの相手もできるよう古典
名画のおさらいをしてきた自分と彼は、まったく同じことをしているのだと気づいた。

なんだか居た堪れなくなってきた。そうか、相手の付け焼刃がわかってしまったときの
人間というのはこういう心理になるものなのか。付け焼刃で映画を語ろうとしてごめんな
さい。素直に自分の好きなＭＣＵについて語った方がみんな幸せだったね。

「俺、意外とブンガク知ってるからね！」

「うん。すごいね」

「でしょー。ねえねえ、栞ちゃん、家、近いんだっけ？」

「近くないよー」

「本棚とか見てみたいなーなんて！」

「見せられたものじゃないですから。あはは」

本が本棚に収まっているうちはまだマシだということは、知らないほうがよいと思う。

その後も、ヒヨコ頭君はなにやら語ろうとしていたのだけれど、映画の話題が始まって
会話はそちらに流れていった。

二時間ほどでひとまずお開き。まあ、妥当な時間配分だろうと思う。

割り勘で会計を済ませ、店の外で解散ということになった。まだ時間もさほど遅くないし、駅も近いから、混雑する駅前まで出るより現地解散のほうが楽なのだ。

酔っ払ったメンバーたちが店の前でまだ盛りあがっている中、わたしはミッションを終えて一段落した気分になっていた。

やれやれ。これでようやく帰宅して本のつづきが読める。

などと油断したのが悪かったのか。

「栞ちゃん、これからどうするの？　二軒目行く？　疲れてるなら宅呑み(たくの)でも全然いいよ」

宅呑みって……どこの家に転がりこむつもりなんだ。

もしかしてわたしの家か？

「わたしは今日は――」

「それとも、ウチくる？」

さらりととんでもないことを言った。すかさず隣にいた友人が突っ込む。

「おまえんち、足の踏み場もねえだろ」

友人君の突っ込みにもヒヨコ頭君はめげなかった。

「あるある。ちゃんとあるって」

「うそつけ。この間のホラー映画観賞会のときだって、床にBDを散乱させたままだったじゃねえかよ。しかもおまえの持ってるのってマニアックなやつばかりだしさあ。『死霊のはらわた』はともかく、『死霊の盆踊り』までふつうにあったじゃねえか。しかもHDリマスター版」

「あーあーあー、女の子のいる前でそれ言っちゃう？　なんて友だちがいのないやつ」

「正しいおまえの姿を教えてやってるんだ」

「栞ちゃん、こいつの言うことぜんぶ嘘だからねー」

「ぷっ……くくく」

　思わず吹き出してしまった。

　うん。いいね。映画マニアらしくて、そっちのほうがずっといいよ。つまり、我が部屋の惨状とあまり変わらないということだ。

「おやまあ」

「栞ちゃんが笑ってる。めずらしー」

　岡本さんと坂本さんがそんなことを言った。いえそんなわたしはいつも笑顔ですよ？

　ヒヨコ頭君の好感度はわずかながら上がった。けど——残念。わたしは映画マニアじゃないんだ。

「映画好きなら、お部屋もそんな感じですよね。本好きも似たようなものです」

　自分の部屋が散らかっていると暗に告げたつもりだったが、どうやら通じなかったようだ。事態は悪化した。

「じゃ、本棚見せてよー」

やです。

と、にべもなく言うのは大和撫子にあるまじき返事だろう。

ええと、大和撫子らしく穏便に切り抜けるおとなしい言い回しってどんなものがあるだろうか。お目汚しになりますから、とか言っても「そんなことないよ！」って元気に返されそうだし。わたしの家は遠いですよ、なんて言おうものなら、「送るよ！」って藪蛇になりそうだし。

考えこむのに疲れを感じて、はたと我に返る。

……なんでわたしここまでして見た目どおりに振る舞うことにしてたんだっけ？

そのときわたしの脳裏に、パウダールームでの坂本さんの言葉が蘇った。

——栞ちゃんさ……。

坂本さんには見抜かれていた。

わたしが外見から想像されるロールを逸脱しないように振る舞うのは、人間関係のいざこざが面倒くさいからだ。

けれど、それが別の面倒を引き起こすこともある。

今回みたいにね。

流されずに、我を通すための労苦を厭わないことも必要だよ、と坂本さんに言われてしまったわけだが……。

はて、そもそも素のわたし自身ならば、こういうときにどうするだろうか——ああ、そういえば、外面を意識せずにふつうに会話したことがあったじゃないか。

しかも合コン直前に。後輩君と。

あのときのノリで言ってみたらどうなるだろう。

「キミさ、太宰治の遺作、知ってるかなぁ」

「へ？」

いきなり問いかけたわたしに、ヒヨコ頭君は面食らった顔になる。

相手の意識の斜め上からの一撃。

ほら、隙ができた。

付け焼刃を振るうとそうなるのだよ。

その隙にわたしはバックステップを踏む。それからくるりと背中を向けて駅のほうへと向かって歩き出した。背中越しに言葉をつづける。

「遺作、つまり最後に書いた作品だよぅ。さて、なんでしょう？」

「え、太宰？　何？」

待って、と言おうとしたのだろう。けれど、そのタイミングでわたしは振り返る。

声の届くぎりぎりの距離。

これが「控えめな大和撫子」というロールから逸脱するとしても。そう、読売栞は文学少女ではあるけれど、おとなしい少女などではなく――。

「太宰治の遺作のタイトルはね。『グッド・バイ』」

「は……？」

口を丸く開けたヒヨコ頭君の肩をぽんぽんと友人が叩いている。友人君には通じたようだ。だから解説は彼がしてくれるだろう。行っていいよ、と岡本さんが手を振ってくれた。それに甘えることにしよう。わたしは、ふたたび背中を向けて駅へと向かった。もう振り返らない。

改札を抜けて電車に飛び乗る。

高田馬場にあるマンションでわたしを待っていてくれる本たちの下へ。素で振る舞うこの億劫さと、我を出すことのちょっとばかりの大切さの実感を胸にして。

携帯の着信音が鳴った。

三人のグループチャットに一件。坂本さんからだ。

わたしを焚きつけた張本人だけあって、坂本さんはこの展開を予想していたのだろう。

『あのヒトへのお説教とフォローは任せて』

さっさとその場を去ったわたしに驚くでもなく文句を言うでもなく、そんな伝言を寄越してきた。

『ありがとうございます』

『参加してくれてありがとうね』

『いえ、こちらこそ。誘っていただいてありがとうございます』

これくらいは言っておかないと。でも、次からは合コンは遠慮させてもらおう。向こうも誘おうとはしないかもだけど。

ポロンとまたも着信音。今度は岡本さんから。

『帰り道、お気をつけて。ようやくよみよみらしい姿が見られて堪能させてもらったよ』

文章を読んで苦笑してしまう。

あー、もうこのふたりには、大和撫子らしく振る舞うとか無意味だなぁ。

揺れる電車のなかで、ふたりから送られてきたメッセージを読んでいると、どこから自分の素はふたりにバレていたのだろうかと考えてしまう。

周りとぶつかってでも通したい我があるわけでもないし——なんて思っていたけれど。

無類の本好きで、下ネタ好きのオヤジ気質であることは、わたしにとって意外と大切なことらしく、通したい我でもあったらしい。少なくとも気のない相手から延々と口説かれるよりも大事なことのようだった。

『二次会は参加できませんで、もうしわけない』

『気にすることないし、気になるなら、埋め合わせにまた映画にでも誘ったときに来てくれると嬉しいな』

岡本さん、前から思っていたが、言動が王子様っぽいんだよな。

『まあ……考えておきます』

『えっ、映画に行くの⁉ 行く行く！　なに観るの？』

秒も置かずに、坂本さんがメッセージを挟んできた。

まだ行くとは言ってないよぅ。

相変わらずふたりとも強引だなぁ。

わたしはふたりに向けて返信を送る。

『そのときは、お堅い名画よりもエンタメでお願いしますね』

「了解！」という吹き出しを添えた動物スタンプがふたりから同時に送られてくる。わたしはそれを見て電車の中でずっと笑っていた。

心のどこかに乗っていた重石が外れたような気がする。

パウダールームでの坂本さんの言葉――。

『栞ちゃんさ。抗うコストを厭いすぎると、のちのちかえって面倒が増えたりすることもあるんだからね？』

面倒くさがって楽していると楽じゃなくなることもある。

なるほど。至言である。

翌土曜日は休みだったけれど、バイトのシフトが深夜まで入っていた。

週末とあってそこそこ客の入りもある。夜の二十一時に事務所へ休憩に入ったときにはけっこうな疲労感があった。

給茶機でお茶を淹れて適当な椅子に座る。

明日は日曜日でしかも久しぶりに何も予定が入っていない。つまり完全オフである。

やれやれ。温泉にでも浸かってゆっくり本を読みたい気分だ。はあと息を吐きながら紙コップのお茶に口をつけ、すぐに顔をしかめてしまう。

「にがっ……」

出涸らしでお湯のようなお茶も嫌だが、たまに一杯目がめちゃくちゃ濃く出てしまうのは機械のバグなのではなかろうか。それともこれが仕様なのかしら。正直、倍までお湯で薄めたいところだ。給茶機を睨みつけ、でも、せっかく座ったのにあそこまで立って歩くのも面倒だと思ってしまう。もう休憩気分になっちゃったしなぁ。

ドアの開く音に顔をあげる。

「あれ？　先輩だけですか」

そう言いながら浅村君が入ってきた。すでに着替えていることと、時刻から判断して、退勤するところだろう。

「店長さんなら、お仕事で外に出てるよぅ。ほれ」

ホワイトボードを指さした。出退勤のマグネットが貼ってあるボードには店長の欄の下に「直帰」と下手な字で殴り書きされていた。直帰というのは「出先からそのまま帰ります」という意味だ。

「なにか用だった？」

「いえ。帰るまえに挨拶をしてからと思っただけですから」

「ん。お疲れさま」

長く引き留めてもとそう言ったのだけれど、浅村君はふと思い出したように顔をあげて、わたしのほうを見た。

「昨日、楽しかったですか?」

「ん? ああ、コンパのこと?」

「コンパだったんですね」

「正確には友人のサークル仲間が主催した合コンに引っ張り出されたのだよ」

「はあ、なるほど」

いまいちコンパと合コンの差がわからないようだ。ピンとこない顔をしているけれど、それもそうか。浅村君はまだ高校一年だもんな。

それよりも、いま気づいたけれど、浅村君のほうから話しかけてくれたのは、もしかしてこれが初めてじゃないか?

「楽しかったかどうかと訊(き)かれればだね」

距離が近づいたようで嬉(うれ)しくて。

「くっそつまんなかった!」

つい、にっこり笑顔でそう言ってしまったよ。

「え、そうなんですか」

「ご飯は美味(おい)しかったけどねぇ。合コンはそういう場じゃないし」

「へー」

わかってない感じの浅村君は、それから「どういう場なんだろ」と独り言ちた。

「気になる？　ええとね、そうねえ、言わば集団見合いかなぁ」

首を傾げられてしまった。

「お見合いっていうと、互いに『ご趣味は？』とか訊ねあうアレですか」

浅村君のお見合いに対するイメージって……。

「そうだねぇ。そういや、好きな食べ物は？　とか休日って何してます？　とか聞かれてたなぁ。そんなこと言われても……美味しけりゃなんでもいいし、休日なんて『本を読んでます』以外に答えようなくない？」

「いやそれは……むしろ、なんで参加したんです？」

「うぐ。いやその……」

断って角が立つとフォローが面倒だと思ったから、とは言えないしなぁ。思い返してみると、なかなか酷い性格してるね、わたし。

「それでつまらないと言われても、自業自得なのでは？」

「ぐぎぎぎぎぎ。そ、そうだけど。そうなんだけどー。でもさー」

おうおうおう。浅村君ってば先輩相手に突っ込むじゃないか。

「あ、すみません」

「いやいや。まったくもっておっしゃる通りですとも。ツッコミがないとボケは成り立たないからね。よしだよ」

「あ、ボケだったんですね」

「そういうことにしてくれよぅ。うんまあ。にしても、浅村君のほうから話しかけてくれるとは。壁を感じてたんだけど、ホッとしたよ」

苦笑しながら言うと、浅村君はちょっと戸惑ったような顔になった。

「あ、いえ。これまではなんというか……どんな話題を振ったら失礼にならないか、わからなくて」

なるほど。話題を選べなかったから声を掛けられなかったということか。

嫌われてるから距離を取られてたわけじゃないとわかって、わたしはホッとする。

同時に、浅村君はどうやら特定の相手に対しての距離の詰め方が非常に慎重なひとなんだなと感じた。わたしの持っている属性のどこが彼に慎重さを要求するのかまではわからないけど。女性だからか、年上だからか。もしくはそれらぜんぶ。つまり、年上でかつ女性だからか。

まあ、そのあたりが見えてくるまではまだ時間が掛かりそうかな。

「そろそろ帰りますね。休憩の邪魔をしてすみません」

軽く礼をして帰ろうとする浅村君にわたしはとっさに声を掛ける。

「太宰治の遺作」

間、髪を容れずに返事が返ってくる。

「『グッド・バイ』？」

「一〇〇点」

予想通りすぎて嬉しくなってしまう。

「よし、浅村君はこれから『後輩君』と呼ぶことにしよう」

苗字呼びよりも親しげだし、ファーストネーム呼びほどは馴れ馴れしくない。

これくらいの距離感が心地よさげ。

「え？　あ、はい。好きに呼んでください。でもなんでですか？」

「前にも言ったじゃないか。逸材だからだよぅ」

「なんの逸材なんでしょう？」

「ツッコミ？」

「ああ。つまり漫才コンビの芸名みたいなものなんですね。わかりました——読売先輩」

どこをどう理解したのかわからないが了承してくれたっぽかった。

こうしてわたしは貴重な漫才の相方——もとい、気兼ねなく会話できるバイト仲間にして年下の友人を手に入れたのだった。

「うん。じゃ、またね、後輩君」

十一時半ちょうどに高田馬場駅に着いた。

もう深夜と言っていい時刻だ。左右交互に街灯の並ぶ商店街を通り抜け、川沿いの道を選んで歩く。すっかり葉の茂った土手の桜の木を見下ろして、四月も終わるなあ、なんて考える。すぐに五月に入って長い黄金週間がやってくる。

ポケットの中に入れていた携帯が震えた。

取り出すと、母からのLINEメッセージが入っている。こんな深夜になんだろうと思いつつ内容を追うと、満開の桜の写真が添えられてて、見覚えあるぞ、と思いつつ伝言にちらりと目を落とす。

力が抜けて「おいおい」と思わずつぶやきが漏れる。今夜、テレビで地元が特集されるらしいぞ、というどうでもいいっちゃ、どうでもいいお知らせだったのだ。

見覚えもあるはずで故郷の街の商店街の並木だ。

歩くことも忘れ、通りの片隅に寄って内容にざっと目を通す。母親からのご託宣の旅番組は深夜零時に始まるらしく、幸い東京でも見られそうだった。全国ネットに我が故郷が取り上げられるということで、地元愛あふれる母からのお知らせでして。

ということは、まだ起きてるんだな。

固定電話に掛けてしまうと父が寝ているかもしれなかったので、そのままLINEの通話ボタンを押した。

『珍しいわねー、あなたがこんな時間に電話してくるなんて』

娘からの長距離通話への開口一番に言う台詞(せりふ)がそれかい。

あと、電話じゃないけどね。アプリによる音声通話だけどね。まあ、昭和の人間には細かい差なんてわからないか。というかネット通話に対応できてるだけ気が若いのかもしれない。父のほうは携帯の通話アプリでメッセージを送ることさえ嫌がるもんねぇ。

「メッセ見たから」

そう言ったら、延々とロケ風景を語られた。では幸運にもロケ現場を見られたのかと思いきや、それがまた近所の井戸端会議で仕入れたというなんとも怪しい情報で……。母親情報あるあるである。

「わかったわかった。間に合えば見るから」

『あら、まだ外なの？』

「あと五分で着く」

『こんな時間まで遊んでちゃダメよ』

「バイトだったの」

心配してくれるのはありがたいけれど、娘も学生なりに額に汗してるんです。わかってください。

通話をスピーカーモードにして音量を抑え、人通りのない細い土手沿いの道を歩きながら、そのままどうでもいい近況報告を語り合う。ひとりごとを言いながら歩く怪しいお姉さんに見られないようにというのと、通話相手がいるとわかるほうが防犯にもなるだろうと考えたから。小声で話しているぶんには傍迷惑(はためいわく)にもならないだろう。

五分の道のりを終えて目の前に我が家にしている集合住宅が見えてきた。

「じゃ、着いたからもう切るね」

『あ。忘れてた。テレビ点けなくちゃ』

言ってたわりにはあまり熱心ではなかったらしい。地元愛どこ行った。

溜息をつきつつ、ふと言葉が口をついて出た。

「今度のお休み、久しぶりにそっち帰るね」

自分で言って驚いた。今の今までそんな気分、どこにもなかったのに。母の声を聞いたからだろうか。

『明日？　ずいぶん急ね』

「ちがうわよ！　それじゃ、日帰りになっちゃうでしょ」

黄金週間だ、黄金週間。

『あらまあ。お布団、干しておかなくちゃ』

「いいよ。そんなの適当で。あと――」

すこし言い淀む。けれど、結局は伝えた――兄の墓参りもしようと思ってると。

『お兄ちゃんもよろこぶわよ』

「そう……かな」

わたしにはわからない。

「じゃ、詳しいことはあとでまた連絡いれるから」

そう言って、通話を切る。

エントランス手前にある門をくぐったときに、どこからか香ってきた月桂樹の花の匂いが鼻先を掠めた。

お風呂からあがるともう疲れて何をする気にもなれなくて、そのままベッドへと直行することになった。

ただ、まだ眠るわけにはいかない。

長髪の最大の弱点は髪を洗うと、乾かすのに時間がかかることである。

もちろん、タオルで充分に水気を吸い取っておくのは当然として、ドライヤーを使ってしっかり洗い髪を乾燥させてから寝ないと、寝癖がついて酷いことになってしまう。起きてから変な癖がついた髪をセットしなおすのは、乾かす手間以上の労苦を強いられるわけで。ゆえにこうして乾かす時間を取るのである。だったら切れよ、と言われても、長い髪は長い髪で好みだったりするのだからしかたない。

頭に巻き付けていたタオルをはずすと、まだわずかにしっとりとしている髪が肩へと零れ落ちた。

ぶおん、と音を立ててドライヤーが唸る。

髪の毛が集中していて乾きにくい根元から風を当てていく。毛先から当てると乾いて軽くなった髪の先は梳かしても流れを作るのが難しくなる気がするのだ。髪が痛まないよう熱風と冷風を交互に当てて乾かしすぎないようにも気をつかう。冷たい風を当てたときのほうが湿っているかどうかの判断もつきやすい。これも長年の経験である。

面倒くさがりなわたしでも、ルーティンワークにしてしまえば、それなりにそれなりのことはするのだよ。

寝癖で酷い恥をかいた経験もあるし。あれは嫌な出来事だったね……。

ベッドの上で半身を起こし、髪を梳かし終えたあと、わたしは寝しなに読んでいる本を開いた。兄の読み残した『幽霊惑星の騎士』だ。

栞を挟んでいたページを開く。

手にした紙製の栞に書かれていたドイツ語の一文がふと目に留まる。

そういえば結局、この文章の意味って調べてないなと思い出した。充電中の携帯を手にして検索を掛ける。

「やっぱりドイツ語か……って、ははぁ、なるほど」

ゲーテ曰く、と読み取ったのは半分正解で半分間違いだった。書かれている言葉はゲーテが言ったものというわけではないらしい。「ゲーテがこんなことを言っていたよ」と他のひとが語った言葉なのだ。つまり伝聞。ややこしい。で、その語った内容というのが後半部分の文章になる。括弧の中に入っていた『Man reist ja nicht, um anzukommen, sondern um zu reisen.』

訳すとこんな感じの意味になるらしい。

『人が旅をするのは到着するためではない。旅をするためである』

文章を何度か読み返して、なるほど本の栞にはふさわしい言葉だなと思った。

栞（しおり）は読み終えたあとには意味を失うもので、読書という旅をしているときにこそ必要なものなのだから。

そう、ある意味で読書も旅なのだ。

結末だけを知りたいのなら、冒頭とエンディングだけ読めばいい。でも、わたしはそんなことはしたくない。わたしが本を開くのは結末を知りたいからではなくて、そこに辿（たど）りつくまでの過程を味わいたいからだ。それが謎解きミステリだろうとね。

わたしは栞を置いて本のつづきを読み始めた。

冷凍睡眠から目覚めた少年は、一日の決まった時間だけ現れる幽鬼のような人々の中でたったひとりの少女とだけ触れ合うことができた。そこまでは読んでいた。さて、そのつづきだが……。

毎日、決まった時間だけ現れる幽霊のような街の人々の生活を覗（のぞ）き見る。少女は世界統一政府主席の娘で、彼女を通して惑星で何が起こったのかを知ることになる。

枯渇しつつあった惑星のエネルギー資源を補うため、統一政府の主導の下、新エネルギーの開発が行なわれていた。その実験が成功すれば以後の千年、人々が暮らしていくためのエネルギーは賄えるはずだった。

だが実験は失敗し、施設の存在した都市ひとつが丸ごと「次元がずれ」た。ずれた次元に呑（の）み込まれた人々は、本来の宇宙と切り離される。皮肉にも半分だけ成功した実験により、ずれた次元に呑み込まれた人々は、エネルギーの心配なく過ごせていた。

一方で街の外、エネルギーの枯渇した惑星に取り残された人々は、すべて宇宙へと旅立ってしまった。

助け手もいなくなり、都市の人々は元の世界に戻る術を失ったかに見えたが、冷凍睡眠によって惑星に残されていた少年と、世界統一政府主席の娘だけは一日のうちの数分間だけ触れ合うことができて……。

「あかん……眠い」

まぶたがだんだん落ちてきて、文字が霞みはじめた。クライマックス手前に差し掛かったところだというのに眠気もピークになっている。

結末が知りたい知りたい知りたい。でも……もう意識がもたない。

わたしは落ちそうなまぶたを必死に開いてなんとか栞をページに挟み込んだ。そのまま倒れるようにベッドに横たわると、秒も経たないうちに意識を手放していた。ああ、このまま死んだら永遠に結末がわからないままだな、なんて思いつつ。

でもなんかもう既に元が取れた気分になっている。だって、ここまででも充分に面白かったもの。少年に感情移入して、幽霊たちの住む惑星を歩きまわり、少女と出会い、謎解きに挑戦した。そんな経験、だってこの先の人生でわたしが味わえるとは思えない。

本の世界だからこそ体験できたことなのだ。

『人が旅をするのは到着するためではない。旅をするためである』

わたしはずっと兄は大学に合格するために必死に勉強していたのだと考えていた。

だから、結果を手にできなかったことを悲劇だと思っていたわけで。

でも、もしかしたら全然わたしは間違っていたのかもしれない。ゲーテの言葉だというあの文章は、わたし風に言い換えればこんな感じになる。辿りつく先が欲しいのは、そこに向かって旅立てるからだと。

合格したいから勉強していたのか。それとも、勉強したいから合格という目標を立てたのか。今となってはわからない。けれど——。

わたしが兄の部屋で本を読んでいたとき、兄は椅子に座っていつも教科書を繰っていた。本を読んでいたわたしが時折り顔をあげて見上げたその顔は——。

夢の向こうに兄の姿が浮かぶ。

記憶の中のその姿はわたしと年齢が幾つも変わらないように見えた。

兄が亡くなったのは高校三年の冬だったから、考えてみればわたしはもう兄の歳を追い越しているんだ。

いつの間にかわたしは、暗い水辺に浮かぶ小さな舟に兄と一緒に乗っていた。

長い櫂を流れの中に挿して、額に汗を流して必死に舟を操っていた。

それでも舟はゆっくりとしか進まない。疲れたわたしは漕ぐのを諦めて舟を流れるままにしておいた。

闇の向こうにぽつりと小さな明かりが見えている。わたしたちはそこへと向かわなければいけないのだけれど、腕は疲労で棒のようになっており、櫂を握る握力もない。

　そのとき、舳先（へさき）に座っていた兄が立ち上がった。

　手には小さな角灯を持っており、それを杖（つえ）の先に括（くく）りつけた。

　角灯の覆いを取ると、明かりが四方へと散る。兄は杖を高く掲げた。

　その途端に水面（みなも）が光を反射して煌（きら）めき、飛び跳ねる魚たちが見えた。跳ねて落ちる水面には幾つもの波紋が互いに同心円を描いてぶつかり合う。

　お互いの円はぶつかり合った瞬間だけ重なり合ってより高くなったり低くなったり打ち消し合ったり、そういう重ね合わせの状態になるものの、波そのものはそこで消えずにすりぬけ合って広がっていく。それが波動の性質だから。

　平らかだった水面は飛び跳ねる魚と波紋とでたいそう賑（にぎ）やかになった。

　兄は杖をさらに高く差し上げる。広がった明かりによって川べりのようすが浮かび上がった。わたしたちは細い川の流れの中にいたのだ。

「わぁ……」

　桜だ。

　両岸を埋め尽くすように満開の桜の並木がつづいている。

　風が吹いて花びらが千々に散っていた。視界が桜色に染まる。

　その向こう、見上げる空はいつのまにか青く広がっていて、けぶるようにわずかに靄（もや）がかかっている。春霞（はるがすみ）だ。

　緑の土手には桜に混じって青い柳が首（こうべ）を垂らしていた。

どこかで見たような気分になるこの風景は……。

「瀧廉太郎の『花』じゃん」

夢に見る光景くらいは荒唐無稽にならんものだろうか。所詮はわたしの空想の力などではこんなありきたりの景色しか思いつかんのか。貧困な想像力だこと……。

それでも桜はきれいだった。

わたしはふたたび櫂を握る。ほんのすこしだけ握力は戻ってきていた。

舳先に立って前を見つめる兄の背中が見えている。微笑みの気配だけが向かい風と一緒に吹きつけてくる。

ゆっくりとわたしは舟を漕ぎはじめた。

週が明けた。

月曜の一限は九時からだが、休み明けのそんな早い時間にわたしが起きられるわけもなく、当然のように二限からの講義しか入れていない（それでも必修で落とせない講義が週に三回も一限目にある。これは大学の陰謀だと思う）。

休みの日だと早起きできるんだけどなぁ。

二限には充分すぎるほど余裕で間に合った。むしろ早く着きすぎたくらいだ。朝食抜きだったので、談話室に行く。自販機で買った無糖のコーヒーとコンビニのおにぎりひとつで腹ごしらえをしていたら声を掛けられた。

「おはよう、よみよみ。やはりここに居たね」

背中越しだったが、振り返るまでもなく誰が来たかわかってしまう。

岡本さんだ。彼女は視線だけで確認を取ると流れるような所作でわたしの右隣に座ってくる。

「ふわぁ」

欠伸を噛み殺しながら左隣にこちらは遠慮も会釈もなく座ってきた。坂本さんだ。

「みんな、早いねえ」

「おはようございます。岡本さん、坂本さん。おふたりとも二限からですか」

「あたしは今日は二コマとも休講。午前は無しだよー」

坂本さんが目許を擦りながら言った。

「はあ。ではなんでこんな時間に大学にいるので？」

「お腹すいたから」

「……食堂に行ったほうが良いのでは？」

「本格的に食べちゃうと、お昼食べられなくなっちゃうでしょ」

何を言っているのかと言わんばかりにわたしにそう言って、テーブルの上にコンビニの袋をどさりと置いた。中からサンドイッチとチキンのホットスナックとカフェオレといちご牛乳が出てきた。

それだけ食べて、さらに昼も食べる気なんですね……。

「栞(しおり)ちゃんだって食べてるし」

「わたしはおにぎりひとつです」

「サンドイッチいる？」

「ほしくて言ったわけではないですよ？　って、なんで岡本さん、笑ってるんですか」

「いやいや、なんでもない」

そんなに笑われるような会話をしていただろうか。

しばらく黙っておにぎりの残りを噛みしめていた。坂本さんはせっせとサンドイッチを口に運び、チキンをぱくつき、いちご牛乳をちゅうちゅうと吸っている。

「はふぅ」

「よく食べますねえ」

だから肉中心の店を合コンでも提案したのか。そう疑ってしまうくらいには健啖家(けんたんか)である。

「そういえば、その合コンだけどさ」

考えを読み取ったかのような坂本さんの言葉に、わたしは不意を突かれてどきりとしてしまう。

「ああ、金曜日の？」

「そうそう。栞ちゃんが来てくれたおかげでイケメン参加率が上がったから、目の保養になったよー。ありがとうね」

「いえそんな。わたしの存在はそこまで関与してないと思いますが」

「そんなことないって。深窓のお嬢様系美人さんがストライクな男のひとって今でも多いからさぁ。まあヒヨコ頭君ほど露骨なのはちょっとだけど」

「ヒヨコ……。ああ。なんか頭の黄色い男がいたねえ、そういえば」

ふたりとも名前で覚えてあげてないんですね……。

まあ、わたしも覚えてないけど。

「ちゃんとあのあと諭しておいたよ。友人君からも『おまえは下心が見え過ぎだ』って怒られてたから、少しは懲りたんじゃないかな」

「こちらこそ、場の空気を悪くするような去り際でもうしわけなかったかな、と」

坂本さんの言葉に、わたしは素直に頭を下げた。いま思うとちょっぴり大人げなかった気もするのだ。もうすこし気の利いた返しができればよかったのだが。

「お詫びにまた誘うからさ。次もまた誘っていいよね。ね?」

坂本さんがおねだりするように下から見上げて言ってきた。

男のひと相手にそれをしないほうがいいですよ。ぜったい勘違いされます。わたしでもうっかり何でも聞いてやろうという気分になりますから。

まったくもう、と思いつつも、断ったら悲しませそうだなとも思う。だから——。

「次はもういいです」

あれ?

自分で言って、自分で驚いた。

わたしなんでいま断った？

ほら、坂本さんも、ぽかんと口を丸く開けているじゃないか。

「ぷっ。くっ、くくく。あはははははは！　はははは。ぷははははは！　振られた！」

「静ちゃん、笑いすぎ」

「あははははは。だって、坂本さんや、見事な振られ方だよ！　ばっさりだ。すがすがしいほどのきっぱりとした断り方だった！」

岡本さんはお腹を押さえて笑い転げていた。いやそこまで笑いますか。

ほっぺたを膨らませて坂本さんが「むう」と唸る。

「あ、すみません。ええとその、合コンはどうやらわたしには合わないようなので、ええとですね、けっして坂本さんのお誘いを断りたかったわけじゃなくてですね」

機嫌を悪くされてもしかたないと思いつつ、いちおう言い訳をさせてもらおうと――。

けれど坂本さんは、ふう、とひとつ息を吐いてから手をひらひらと振ってわたしの謝罪の言葉を封じた。

「あー、うん。わかってるわかってる。ま、わたしも、そこまで合コンしたいわけじゃないし」

おや？　そうなので？

「うんまあ。だから嫌だって言うならしかたないね！」

「追わぬが花だよ、坂本さんや」

「まーねー。あたしとしては美男美女を観察する機会を失うのが惜しいけど。ま、それはそれでいいか。じゃ、オトコいらないなら、こんどは三人でどこか行こう！　海とか！」

「海はまだ寒いんじゃないか。というか海開きしてないだろう。それより流行りのキャンピングとかどうだい？」

「……おふたりとも元気ですね」

　なんでそんな体力使うところばかり行きたがるのか。

「温泉でたっぷり休む、とかではだめ、かな？」

「退屈じゃん！　てか、三人ともばらばらじゃん！」

「そんなものだろうさ。幼馴染の君と私だって、毎回、遊びの約束で揉めてるじゃないか」

「そうなんですか？」

　びっくりだ。このふたりはずっと一緒にいるように見えたのだが。誘われるときも、いつもふたりともいるし。

「それはよみよみ、君を誘う前に、予め話し合っておいてから誘っているからだよ」

「ちょ、ちょっと静ちゃん、それ言わない約束」

「いいじゃないか。もう、だいじょうぶだよ」

　岡本さんの言葉をわたしは聞き咎める。

「だいじょうぶ、とは？」

そう尋ねたら、右の岡本さんと左の坂本さんは互いに視線をやりとりしていた。どっちが言う？　みたいな雰囲気をわたしは感じ取る。坂本さんが口を開いた。

「栞ちゃんはさ。わたしたちがどこに誘っても、いいですよ、しか返してくれないもん」

言葉の端に拗ねたような響きを感じて、わたしは戸惑う。

「え、そうでしたか……」

「そうだよ。今までの受諾率100％だよ」

「それはまずかったですか」

誘われて断らないのだから、ふつうなら安心するところでは？

「やだよ」

「やですか」

「だって、それじゃ栞ちゃんが何を好きで何が嫌いなのかわかんないじゃん」

「何が好きで嫌いか……」

じゃあ、断っても良かったのだろうか。

そう訊ねたら、岡本さんも坂本さんもあたりまえだろという顔をした。

「だって、ひとには好き嫌いあるんだしー」

「よみよみ、君の好きとわたしや坂本さんの好きがたまたま一致したときで予定が空いているときに受けてくれればいいんだ」

そう、なのか。

自分の好きなように生きたところで相手は相手で折り合いをつけてくれる。関係は意外と壊れたりしない。そういうことなのだろうか。

「だからさ。次は栞ちゃんの好きなところに行きたいな。温泉でもいいけど、どうする？」

言われて、わたしは少しだけ考える。

自分の行きたいところ、か。

「そういえば、よみよみ、合コンのとき何か言ってなかったっけ？」

「ああ……そうですね。映画はどうでしょう？　実は行きたい映画がひとつ公開されたところでして」

「おー、いいね！」

映画好きの坂本さんはすぐに賛成してくれた。

「ふむ。映画か。難しいやつは苦手なんだが、どんなやつかな？」

「SFですけど……冒険ものですから、だいじょうぶかと」

映画のタイトルを告げると、あああれか、と岡本さんは頷いた。

「わかった。付き合おう。週末だと混むかな？　GWに入っちゃうし。その前がいいんじゃないか。平日のレイトショーとかでやってないかな？」

岡本さんに言われて、坂本さんはさっそく携帯で調べ始める。

「やってるやってる。じゃ、チケット取っちゃうねー」

左右のモトモトコンビは楽しそうに矢継ぎ早に予定を決めていく。間に挟まれたわたしは放っておくとそのまま流されてしまいそうで、しょうがなくて時々意見を言う。それでも、なんとなく今はこの場所を居心地よく感じている自分がいた。我を出してしまうと遊びの予定ひとつなかなか決まらない。面倒くさい。でも、こうしてすり合わせて予定を組んでいるときを今は楽しく感じている。

旅の目的を決めるのは旅を始めるためなのだ。

「ねえ、栞ちゃん」

「は、はい。なに？」

「席、真ん中より後ろでもいい？　ほら、静ちゃん背が高いからさ。あんまり前だと後ろのひとが見えなくなるかもだし」

「ああ、わかりました。わたしはだいじょうぶです」

「おっけー。よし、チケットゲットだぜ！　スクリーン真正面で、真ん中よりやや後ろ」

「いいポジションだね。見やすそうだ」

「木曜日、授業終わったらアキバのＵＤＸに集合！　ってことで。ＱＲチケットはもう送っておいたから！」

は、早い。

チケットの番号を確認すると、当然のように右から岡本さん、わたし、坂本さんとこんなところでも、わたしはモトモトコンビに挟まれていた。いつもどおりだけど——。

「なんで、毎回、わたしの席はおふたりの間なのかな？」

そうつぶやいたら、左右のふたりがにやりと笑みを浮かべた。

岡本さんが当然とばかりに言う。

「だって、栞は本の間に挟まれているものだろう?」

あとがき

読者の皆様、『義妹生活 another days』を最後までお読みいただきありがとうございました。三河ごーすとです。正直、本の半分以上が私自身の一人語りなのにあとがきで何を書くんだ？　と頭を抱えるばかりですが、簡単に締めの挨拶を綴っておこうと思います。

読売栞の死生観がどのように形成されていったか、その一端を知ることはできたでしょうか。もし知ることができていなかったとしても、おそらくこれ以上「説明」されることはないと思います。今回は特別に読者の皆様だけが、悠太と沙季が人生をかけても知ることのできない記録を読むことを許されたのです。『義妹生活』は悠太と沙季の人生。皆様が他人の人生や本当のルーツを実体験することができないように、悠太と沙季は読売栞を知り尽くすことはできません。でもそれでいい。そう感じてほしいです。

謝辞です。イラスト担当のHitenさん。YouTube動画版でお世話になっている声優の中島由貴さん、天﨑滉平さん、鈴木愛唯さん、濱野大輝さん、鈴木みのりさん。ディレクターの落合祐輔さんをはじめスタッフの皆様や関係各社の皆様、担当編集のＯさん、漫画家の奏ユミカさん、上野監督をはじめＴＶアニメ制作スタッフの皆様、アニメ版のキャストの皆様。いつもありがとうございます。もっと深く感謝したいのに尺が。いつかまた長文で。

MF文庫J

義妹生活
another days

2025年 2月 25日　初版発行

著者　三河ごーすと

発行者　山下直久

発行　株式会社 KADOKAWA
〒102-8177 東京都千代田区富士見 2-13-3
0570-002-301（ナビダイヤル）

印刷　株式会社広済堂ネクスト

製本　株式会社広済堂ネクスト

Printed in Japan　ISBN 978-4-04-684555-9 C0193

【ファンレター、作品のご感想をお待ちしています】
〒102-0071 東京都千代田区富士見2-13-12
株式会社KADOKAWA　MF文庫J編集部気付「三河ごーすと先生」係「Hiten先生」係